安 宁 著
ANNING ZHU

NIANSHAO DE WONIU MEIYOU KE
年少的蜗牛没有壳

山西出版传媒集团

图书在版编目（CIP）数据

年少的蜗牛没有壳 / 安宁著 . —太原：山西人民出版社，2017.4
（全国中考热点作家美文典藏书系）
ISBN 978-7-203-09902-4

Ⅰ. ①年… Ⅱ. ①安… Ⅲ. ①散文集—中国—当代
Ⅳ. ①I267

中国版本图书馆 CIP 数据核字（2017）第 063400 号

年少的蜗牛没有壳

著　　者：安　宁
责任编辑：员荣亮
复　　审：赵虹霞
终　　审：阎卫斌
装帧设计：张慧兵

出 版 者：山西出版传媒集团·山西人民出版社
地　　址：太原市建设南路 21 号
邮　　编：030012
发行营销：0351-4922220　4955996　4956039　4922127（传真）
天猫官网：http：//sxrmcbs.tmall.com　电话：0351-4922159
E - mail：sxskcb@163.com　　发行部
　　　　　sxskcb@126.com　　总编室
　　　　　jfjb-lx2007@163.com　主编
网　　址：www.sxskcb.com

经 销 者：山西出版传媒集团·山西人民出版社
承 印 厂：山西出版传媒集团·山西人民印刷有限责任公司

开　　本：890mm×1240mm　1/32
印　　张：9
字　　数：200 千字
印　　数：1—5000 册
版　　次：2017 年 4 月　第 1 版
印　　次：2017 年 4 月　第 1 次印刷
书　　号：ISBN 978-7-203-09902-4
定　　价：39.80 元

如有印装质量问题请与本社联系调换

目 录

第一辑 窥见你粗粝成长的弧度

原谅少年卑微的乞求　　003
窥见你粗粝成长的弧度　　007
互不相干的两段青春　　011
在爱里慢慢成长　　015
花儿来得及　　019
让我们彼此依然不屑一顾　　022
年少的蜗牛没有壳　　027
只为这一程璀璨的光阴　　031
水润时光里的斑斓密码　　035
能把你的车票给我吗　　038

第二辑　愿来世做一朵莲

045　无法不对你残酷
050　时光雕刻的花朵
053　三米外的俗世生活
057　谁采走了我的决明子
061　时间会告诉你
064　淤泥里开出的花
068　让心灵忘记过往的光华
071　相遇在城市与乡村的路口
076　那些得不偿失的破事儿
080　爱的必修课
083　多年之后时光会给我们宽容
087　穿越声音窥到你

第三辑　行在我生命左侧的旅者

093　十字路口处的一匹马
097　有没有阳光温暖过卑微的你
101　　与你偶遇在孤单的旅程

行在我生命左侧的旅者　105
女孩子的花　108
路过有温度的城市　111
再也不能将你忘记　114
当秘密与秘密温柔相遇　118
幸福无声　122
花儿记得一路的温情　126
人心的距离　131

第四辑　什么也不说，就很好

少女的唇彩　137
无花果也有似锦的春天　141
与一株花树相视而过　145
你是陌生人　148
幸福不是一种物质　151
爱，一夕忽老　155
我的老师未成年　159
给别人看的简历　162
最素常的问候　165

167　你有什么理由逃

第五辑　看上去很美

173　不是所有的PK，都有公平的规则
177　请不要欺负我的母亲
180　良心划过指尖伤
183　我宁肯只是记住你的好
187　等待秘密花开
191　父辈的梦幻
194　看上去很美
197　忘记一粒沙子的温柔
201　天真主义
204　有多少事能够重来
207　听话的孩子没糖吃
211　当卑微转身
214　良知
218　那些消耗着生命的手续

第六辑　爱在时光里柔韧穿行

母亲的怯懦　223
轻放　226
看见你最庸常的转身　229
爱是一碗面的温度　232
记得打电话给父母报声平安　235
光阴里藏着最美的扇贝　238
飞奔着阻挡你掌心的时光　242
我们把赠品留给了谁　246
原来你离我那样近　249
你的世界里只有花开　252
带上泡面去美国看你　256
有爱陪你长途漫游　260
镜头是我注视你的眼睛　263
谁是谁身上难堪的印痕　267
那些让我们难堪的亲人　271
爱在时光里柔韧穿行　274

第一辑 窥见你粗粝成长的弧度

恰恰是那些在左冲右突的青春烦恼里，被隐匿住的柔韧光华，让一个人最叛逆的少年时光，可以如一株山野里的柏树，或者梧桐，旁若无人地生长，一直将那稚嫩的枝条，冲出藤蔓的缠绕，或者其他枝权的阻碍，成为插入蓝天的张扬的主干。

原谅少年卑微的乞求

我从来不曾向人乞求过什么东西,金钱,物质,爱情,同情,或者怜悯。强烈的自尊心,让我一路走来,始终骄傲地,高昂着头,并将一颗柔韧敏感的心,用坚硬的外壳,层层包裹起来。就像,缓慢爬行的蜗牛,在日光下,将身体,藏进安全的壳中。

可是,我却用过整整一年的时间,恳求一个女孩,给我一段携手向前的温暖的友情。

彼时我读高一,是被舅舅,费了很大的努力,才从一所普通中学,转到重点高中里来。我记得我进来的时候,正是课间,老师在混乱嘈杂中,简单地介绍几句,便让我坐到事先排好的位置上去。没有人,因为我的到来,而停止歌唱,或者喧哗。就像一粒微尘,在阳光里一闪,倏忽便不见了踪影。我在这样的忽视中,坐在一个胖胖的女生旁边。她只是将放在我桌上的书,哗一下揽到自己的身边去，便又扭头，与人谈论明星八卦。

我突然地有些惶恐，像是一只小兽，落入陷阱，却遥遥无期，怎么也盼不来，那个将要拯救自己的人。而蓝，就是在这时，回头，将一块干净的抹布，放在我的桌上，又微微笑道：许久没有人坐，都是灰尘，擦一擦，再放书包吧。我欣喜地抬头，看见笑容纯美恬静的蓝，正歪头，俏皮地注视着我。我在她热情的微笑里，竟是有一丝的羞涩，好像，遇到一个喜欢着的男孩，初恋般的情愫，丝丝缕缕地，从心底，弥漫升腾起来。

我在第二天做早操的时候，偷偷地，将一块舅舅从国外带来的奶糖，放到蓝的手中。蓝诧异地看我一眼，又看看奶糖，笑着剥开来，并随手，将漂亮的糖纸，丢在地上。我是在蓝走远了，才弯身，将糖纸捡起来，细心地抚平了，并放入兜里。

蓝是个活泼外向的女孩，她的身边，总是有许多的朋友，其中一些，来自外班，甚至，外校。他们在放学后，聚在教室门口，等她。她的朋友中，还有不少的男生，他们在一起，像一个快乐的乐队，或者青春组合，那种浓郁动感的节奏，是我这样素朴平淡的女孩，永远都无法介入的。

可是，明明知道无法浸入，想要一份友情的欲望，还是强烈地推动着我，犹如想要靠近蓝天的蜗牛，一点点地，向耀眼明亮的蓝，爬去。

我将所有珍藏的宝贝，送给蓝。邮票，书，信纸，发夹，丝线，纽扣。我成绩平平，不能给蓝学习上的帮助；我长相不美，无法吸引住蓝身边的某个男孩，从而靠近于她；我歌声也不悠扬，不能给作为文娱委员的蓝，增添丝毫的光彩；我还笨嘴拙舌，与蓝在一起，会让她觉得索然无味。我什么都不能给蓝，除了那些不会说话且让蓝觉得并不讨厌的宝贝。

起初，蓝都会笑着接过，并说声谢谢。她总是随意地将它们放在桌面上，或者顺手夹入某本书里。她甚至将一个可爱的泥人，压在一摞书下。她不知道那个泥人，是生日时爸爸从天津给我专程买来的，它在我的书桌上，陪我度过每一个孤单的夜晚。它在我的手中，半年了，依然鲜亮如初，衣服上每一个褶皱，都清晰可见。可是，我却在送给蓝之后的第二天，发现它已经脱落了一块颜色。我记得当时我的心，像被人用针，扎了一下，疼痛倏然蔓延全身。我小心翼翼地，提醒蓝，说，这个泥人，是不经碰的。蓝恍然大悟般地，这才将倒下的泥人，扶正了，又回头开玩笑道：嘿，没关系，泥人没有心，不知道疼呢。

这个玩笑，却是让我感伤了许久。就像，那个泥人，是我自己，满心欢喜地站在蓝的书桌上，等着她爱抚地注视我一眼，可是，蓝却漫不经心地，像扫掉尘土一样，将我碰倒在冰冷的桌面上，且长久地，忘记了我的存在，任由尘灰，落满我鲜亮的衣服。

从不奢望可以像其他女孩子一样，在蓝的身边，轻松地来去。所以我只期望自己十分的努力，可以换来蓝至少一分的友情。可是，蓝却像片云朵，被那缥缈无形的风吹着，如果路过我的身边，那不过是因为偶然。

我依然记得那个春天的午后，我将辛苦淘来的一个漂亮的笔筒，送给蓝。蓝正与她的几个朋友，说着话，看我递过来的笔筒，连谢谢都没有说，便高高举起来，朝她的朋友们喊：谁帮我下课去买巧克力吃，我便将这个笔筒送给谁！几个女孩，纷纷举起手，去抢那个笔筒。我站在蓝的身后,突然间难过,而后勇敢地,无声无息地,将那个笔筒一把夺过来。转身离开前,我只说了一句话:抱歉,蓝,这个笔筒,我不是送给你的。

我终于将对蓝的那份友情,自尊地,收回,安放在心灵的一角,且,再不肯给任何一个,淡漠它的人。

许多年后,我在人生的途中,终于可以一个人,走得从容,勇敢,无畏,且不再乞求外人的拯救与安慰,这样的时候,我再想起蓝,方可真正地原谅。

我想原谅蓝,其实,也是原谅那个惶恐无助的年少的自己。

窥见你粗粝成长的弧度

朋友拍摄短片,我过去帮忙,给他挑选演员。是一部关于小孩子的电影,所以我们在一所中学门口,摆出星探的Pose,等着放学铃声响起,从水一样泄闸而出的90后里,挑选那些适合于不同角色的演员。

我们很快从一群有着叱咤风云举止的男孩子中,锁定了一个目标。是一个神情淡漠懒散的男生,书包的带子,快要耷拉到地下去了,却还是不知不觉,一个人兀自向前走着,有不合群的孤单与骄傲,像极了朋友剧本里写的一个单亲家庭出来的男生。

我穿过重重的人群,将他及时地拦截在门口。他刚刚跨上单车,一只脚还踩着地面,看见我一脸的微笑,便停下来,按一下铃声,代替他想要说的问题。我像个骗子一样,拿出朋友的名片和剧本简介,说,我们要拍摄一个短片,想找演员,觉得你合适,不知你有没有兴趣。他将名片随意地丢在车筐里，而后淡淡扫了一眼剧本的名字和内容简介。我很想知道他何时能够给予我们回复，他却没有成人的客套，只用一贯的慵懒的语气回复我说，我看看再说吧。说完也不等我闪身让路，便绕过我，吹了不知名字的口哨，混入人群之中。

就在我和朋友对这个干什么事情似乎都不会起劲的90后小男生，失望的时候，他突然地打电话过来，也不问我们是否已经招满了演员，一副知道我们在等着他的样子，说，已经想好了，答应出演我们需要的那个角色。

我有些为朋友担心，将这样一个重要的角色给这个明显没有团队精神的男生，是不是一个失误；假若他拍了一半，便任性不再来演，或者即便是参演，也漫不经心，那该如何是好？这种小男生，明显是不会对任何人胆怯，或者听从于任何人的使唤的。朋友却摇头，笑说，我看未必。

短片很快进入了拍摄。无事可做的午后，我偶尔去探班，会看到那个被朋友叫作阿三的男生，在默记着台词，或者一个人对着镜子，排演着即将拍摄的情节。相对于其他男生的吵嚷与喧哗，他的安静，有着让人觉得不可接近的距离感，我很难猜出朋友是如何一遍遍要求他将同一句话，在镜头前，重复说上20遍，他却可以始终没有一声抱怨，或者像另外一些男生那样，摔掉台词本，转身就要走人。

我记得完整地看过其中一段影片的拍摄。讲的是阿三所处的小团体为了各自的利益，牺牲了其中一个朋友的声名，导致这个男生被学校开除，阿三在洗手间里，朝这些所谓的哥们吼叫。不知何故，我与周围的人皆觉得阿三已经演得足够投入，嗓子都几乎哑了，但朋友始终觉得缺少了几分疼痛感，于是便让阿三一次又一次地重复着，最后，这一个短短两分钟的镜头，竟是耗费了一下午的时间才最终通过。拍摄完毕的时候，周围的人皆一脸鲜明的怨恨，说明明没有必要拍摄这么多条，差不多就可以了，要不是去拿什么国际大奖，不过是一个20分钟的短片罢了。

而作为这场戏主角的阿三，却在散场后，用仅剩的一点力气，嘶哑着嗓子，问朋友他是不是一个合格的演员。朋友像一个大哥，拍拍他瘦瘦的肩膀，说，阿三，你是我遇到的最棒的演员，真的。我在这句话后，看到阿三微笑着，躺倒在地上，闭上眼睛，片刻，便起了轻微的鼾声。

16岁的阿三，和电影里的角色一样，成长于单亲家庭，父母各自有了新的归宿，他在母亲的新家里，有无所适从的恐慌，却是用冷硬的表情，和轻狂的举止，掩藏住内心的孤单与对温暖的渴求。而一眼看穿了他的伪装的朋友，则用不着痕迹的关爱，让他慢慢地褪下那层坚硬的外壳，将一颗被冰冻了许久的热烈的心，捧出来，给值得他付出的人看。

短片剪辑的第一个版本出来的时候，我过去看。在黑暗的小小的放映室里，我在屏幕上又看到那个已经许久没有遇见过的阿三，他的第一个镜头，竟是面对着镜头微笑的特写。那样浅淡的笑容，因为近到可以触摸，隔着时空看过去，总感觉有一丝的疏离。就像他原本应该满不在乎，应该在排练时跟朋友耍小孩子脾气，应该迟到早退，应该对微薄的报酬斤斤计较，应该嘻嘻哈哈，应该得意忘形，这才是90后的阿三，所应具有的表情。

但我还是从这样少有的微笑里，看清了这个小男生，在左冲右突的青春烦恼里，隐藏住的柔韧的光华。是这样的温度，让他于最叛逆的少年时光，可以如一株山野里的柏树，或者梧桐，旁若无人地生长，一直将那稚嫩的枝条，冲出藤蔓的缠绕，或者其他枝杈的阻碍，成为那插入蓝天的张扬的主干。

而这，便是像阿三一样孤单的少年，成长的粗粝的弧度。

互不相干的两段青春

我和晨,只见过一次面,而且那时还是懵懂少年,对于我们之间与生俱来的相似,一无所知。但她却是我亲生的妹妹,真的。

那是八十年代中期的事了。母亲在接连生下两个女儿后,终于对又一个接踵而至的丫头,感到厌倦。这个女孩,在母亲的怀里,连奶都没有吃上一口,就被一个陌生的女人,踩着惨淡稀薄的月光,悄无声息地抱走了。我那时并不懂得大人的忧愁,看到休养中的母亲,吃喷香的鸡蛋,便不觉流了口水。母亲看见了,总是叹口气,招呼我坐到床沿上,将鸡蛋一块块地夹给我吃。我吃到幸福处,总是会问:那个小妹妹去哪儿了呢?母亲从来都是语言含糊,说,当然是去她最想去的家了。这样的答案,并不能让我满意,我所需要的,是具体到细枝末节的描述,就像透明糖纸上清晰的底纹,或是空气里飘溢的年糕的芳香;而母亲所能给的,则只是一个秋日落光了叶子的枝杈，光秃，冰冷，黯然无光。

十岁那年的夏天，我跟随父亲，第一次进城去卖雪糕。收摊的时候，父亲看看箱子里不多的几根雪糕，便安慰已是热蔫了的我，说，再坚持一会，等到了你远方大伯家，就可以吃了。我就这样一路挂念着那几根雪糕，挨到了城里一栋漂亮的小楼前。出来迎接我们的，除了父亲所说的大伯大妈，还有一个大约7岁的女孩。女孩子的小得意，让我迫切地想要与她分享父亲留下来的宝贝。没曾想，她漫不经心地瞥了一眼，便大声嚷道：我才不要吃这样的雪糕！一旁她的父母，含笑看着她说：挑拣惯了，什么东西，都非要最好的，换一家，都养不起这样的丫头呢。而我，并没有因此坏了吃雪糕的情绪，我甚至有些兴奋，想，这个骄傲的丫头竟然不与我争抢，真好。

那个午后，我一口气吃光了所有的雪糕。回来不停地拉肚子，但在母亲的责骂声里，我还是想念起那个面容秀气的女孩，想起她细细手腕里叮当作响的银镯，她歪头看人时，眼睛里的漠然，她扔得满地都是的文具，她房间里堆满的毛毛熊。她生活得像一个公主，而我，却是因为几支雪糕，便被母亲训斥。第一次，我觉出生活给我带来的惆怅和空茫。也是第一次，我隐约从父母的谈话里，得知，那个女孩，就是七年前被抱走的晨。我记得父亲在夏夜里细碎地谈起晨，说她与母亲一样，爱挑拣，吃饭也不专心，言语亦是刻薄，活脱一个母亲的翻版。母亲躺在凉席上安心听着，突然便翻个身，将一旁昏睡的我，拥进怀里。

我此后再没有见过晨，但却是断断续续地，从父母的口中，得知了关于晨的许多消息。她在我风尘仆仆地为了高考赶路的时候，疯狂叛逆，与不良少年混在一起；四处骗亲戚的钱花，毫不惧怕父母的责骂；私自逃学去部队里找做军官的哥哥，又差一点爱上一个文艺兵。家境的优越，让她无须像我一样，为了一份安稳的工作，为了让父母过上城市人的生活，而拼命地念书，直念到最明亮的一段青春，落满晦暗的尘埃。我终于如愿考入大学的那一年，晨也初中毕业，在哥哥的帮助下，勉强去了一所技校学习服装设计。

彼时我依然自卑，在热闹的人群里，常觉得有无处可逃的孤单。而唯一可以拯救我的，就是写字，不停歇地写，将心内郁积的所有的恐惧忧伤和怅惘，都用文字，来一一消解。爱情，只有在我的小说里，才会繁花似锦，一片妖娆。也曾经有过喜欢的男孩，但皆因自己的慌张躲闪，而擦肩错过。比我小了三岁的晨，在另一个城市里，俨然成了爱情高手。常常带不同的男孩子回家，但并不与他们中的任何一个，生出纠葛。她只是享受爱情，享受被男孩子呵护的感觉，具体这个给予爱的男孩是谁，她则不去关注。青春于她，如一块巧克力，绵软，香甜，而且，永远都会有人主动地跑来买单。

我在这样沉默又倔强的前行里，用文字，慢慢擦拭着一颗卑微到泥土里去的心。当四年的时光逝去，我收获的，除了文字，还有自信从容的芳华。一个从乡村里走出的女孩，她贫穷，她胆怯，她无所适从，但最终，她还是褪去了这层灰色的外壳，在耀眼的阳光下，露出色彩绚丽的翼翅。而晨，在技校毕业后，终因专业不佳，屡遭辞退。最后，她结交了一个"有能力"的男友，干脆丢弃了工作，只过逛街上网的自由生活。不久，他的男友生意亏损，急需用钱，晨将自己的所有，都借给了男友。而这所谓的男友，也就在此时，销声匿迹，再无踪影。晨在无人相助的异地，被网吧老板赶出，最后身无分文，又差点被人骗走，是好心的民警，帮她拨通了家里的电话，许久都没有她的消息的父母，这才知道她在外所吃的苦头。

母亲向我讲述这些的时候，脸上的表情，始终是感伤的。这个一出生，便与她的生活，再无交集的丫头，以为会自此从心里，彻底地忘掉，但还是像那零星的一点小雨，偶尔落在肌肤上，倏地一下，将那微凉，浸到了心底。晨，这个与我们素不相识的女孩，却是因为那流淌的血液，而被我和母亲，以这样那样的理由，装作漠不关心地频繁提及。

后来，我研究生毕业，在喜欢的城市里，找到一份喜欢的工作，又和喜欢的人，相守在了一起。而那时在一家工厂，做临时工的晨，也即将结婚。听说，新郎是一个极普通的男人，与晨曾经历经的那些张扬的男孩，没有丝毫相似的地方。母亲在得知这个消息的时候，打电话给我，说，那个胖丫头，终于肯安心嫁人了。我诧异，想起十几年前见过的那个秀气柔美的女孩，便说，怎么会是胖丫头呢？母亲叹气，回说，她自回来后，便懒于做任何的事情，当然就很快地发了福，大概，比你要重40多斤吧……

很多年前的那个自卑的女孩，怎么能够想到，她与晨，从同一个原点出发，划出的，竟是这样两段互不相干的青春。那繁华的，终会陨落；那寂寞的，也终会闪烁。而年少的岁月，就这样，结束了。

在爱里慢慢成长

那一年她15岁吧,读初三,小小的心里有极强的自尊,妖娆的青春一样,来得猝不及防。

她是个温驯又寡言的女孩子。每天除了学习,几乎不会像其他女孩子一样,爱跟新来的年轻班主任聊天,开玩笑,甚至请他去吃门口小店里的冰激凌。她看到他被花儿一样缤纷的女孩子簇拥着的时候,除了细微的开心和向往,竟是没有丝毫的嫉妒。她知道父母弃了农村的家,跑到这个城市里来,边做没有什么保障的零工,边陪她读书,已属不易。还有姐姐,为了她的学费和父母的工作,勉强地和一个不喜欢的有权势的人定了亲。而且将婚期拖了又拖。除了最好的成绩,她知道自己再也没有什么能回报给他们。当然,她还要在放学后早早地回去,帮父母做做家务,亦让他们不必为她的晚归而过分地担心。

所以每每看见班里那一大群着了鲜艳彩衣的女孩子，嘻嘻哈哈地从学校里蜂拥而出，去小吃街上买一袋瓜子，几根香肠，三两田螺，而后边吃边消磨掉回家前的自由时间时，她也只是默默地看上片刻，转身便朝学校的后门走去。

她很欢喜学校有这样一个安静的后门，可以让她不被人注意地慢慢走回家去。出了朱红色的门，沿着沙子铺成的小路走上几十米，再绕过一个大水塘，七折八拐地途经十几户民居后，便到了她的家。家，也只是暂时租来的。是那种马上要被划入拆迁之列的瓦房。刚搬进来的时候，看到张开大嘴的墙缝，和出入自由的爬虫，她和妈妈都落了眼泪。是爸爸买了水泥和墙粉，一点点地给它穿上新衣；又在院子里用红砖铺了一条整齐的小道，下雨的时候，可以不必泥泞。这样一个破败的民居，才陡然有了生气。她吃过晚饭在书桌上学习的时候，看到对面干净的墙壁上，被橘黄色的灯光打上去的父母略弯的身影，便会觉得温暖和感激。

可是这种温暖，她是不愿意拿出来与人分享的。只有无人打扰，它们才会在安静的角落里，慢慢地成长，且带给她淡紫色的温馨和优雅。

可是，这样的恬淡和自由，于她，是多么不易。常常有钦佩她成绩好的同学，为了更方便地向她学习，执意让她带着去认认家门。还有一些默默暗恋她的男孩，甚至会趁她不注意，放了学偷偷跟在她的后面，想通过这种方式，得到她的地址。每学期的家长会，亦是不容易逃掉的劫难。因为高高在上的成绩，老师常常会让她把父亲请来，给其他家长做如何教育子女的报告。这样的时候，她总是会撒谎。尽管她知道，其实父母多么希望能有这样一个机会，因为她而在人前骄傲地直起被生活重担压弯的脊背。

然而这一次，她却觉得再也没办法逃掉。除非，除非她转学或是读几乎没有什么升学希望的慢班。她借读的这个学校，是可以直升本校的高中部的。中考的时候，会根据成绩分出快班和慢班。快班的学生，几乎无一例外地会在三年后考上全国一流的大学。所以能进快班，几乎是每一个学生的梦想。可是，每年的学费，亦是比慢班要贵出许多。

所以当领到申请报快慢班的表格时，她犹豫了许久，终于还是在慢班一栏里，轻轻划了一个对号。

那天放学后，年轻的班主任便把她叫到了办公室。班主任是个极温和的人，有着友善又亲切的微笑。他像兄长一样拍拍她的肩，示意她坐下，又冲了一杯热茶递到她的因为慌乱而无处搁置的手中，这才开口问她："这么好的成绩，为什么不报快班？是父母的意愿吗？用不用我去家访？"她低着头，看着杯口氤氲的热气，和一朵朵徐徐绽放开的茉莉花，竟是许久，才慌慌地摇头。杯子里的热茶，哗地一下子洒出来，烫红了她的手。积蓄了许久的泪，终于趁此，哗哗地流了满脸。

班主任连声地向她说对不起。看天晚了，又执意要送她回家。她不知道怎样拒绝，只无声地走了几步，便使尽平生的力气道了声"再见"，返身向学校的后门跑去。

那一晚，她躺在床上翻来覆去地想了许久，终于还是在第二天吃早饭的时候，把要报快慢班的事，和着母亲做的蛋炒饭，一起咽到了肚子里。

几天后，班主任又将她叫到了办公室，给她看一份盖了学校红红印章的通知。上面说中考前三名的学生，学校会给予免掉所有学杂费的奖励。而后班主任呵呵笑着说：快班也是免，慢班也是免，你有这个把握为何不报快班，这样就不会吃亏了噢！她第一次抬起微红的脸，笑望着自己的老师，重重地点了点头。

三个月拼命般的努力，终于换来了第一名的成绩。全校表彰大会上，要请她的父母代表家长讲话。这次她是飞快地跑回家将这个消息告诉父母的。又坚持着要用自己节省下的学费给全家都做套新衣服。父亲听了没有像往常那样，因为这不必要的开支而犹豫不决，很爽快地就带全家去裁了新衣。开会的时候，她与班主任并肩坐在主席台上，看着话筒旁一身西装的父亲，由于激动而酡红的面颊，像是喝了几两好酒，幸福藏也藏不住。身旁的班主任，亦是一脸兜不住的骄傲和开怀。那一刻，她的心里，再也没有昔日因为自己的贫寒，而蓄积起的自卑和自怜。她真想告诉每一个人，自己的努力，竟是可以给这么多人带来切实的快乐和欣慰。

她是在三年之后考上她理想中的大学的时候，才知道，那个盖了红色印章的通知，是班主任一个善意的欺骗。三年的学费，亦是他，一次次地替她交上的。可是那时候的她，并没有因此而有过分的惆怅和自卑。因为她早已能够正视自己的贫穷，并且真正地意识到，有如许多的爱助她慢慢走过那自尊与自卑无限滋长的岁月，其实是一种多么值得她用一生去感恩的美好和幸福呵。

那个女孩，就是年少时的我。

花儿来得及

那一年我16岁，为了一株月季，茶饭不思。

是初春一个微凉的午后，我排了长长的队伍，从老师的手中，领养了它，并小心翼翼地，将它植入教室门前的小花坛里。那时的我，因为卑微，无人关注，读书常常心不在焉，上课的时候，老师在前面讲优美的诗词，我却走神，想起黄昏里属于我的月季。春风悄无声息地，漫进来，轻拂着我的短发，又随手翻乱了桌上的书本。我用力地想啊想，却还是不知道，究竟，那一株瘦弱的月季，何时才能听见我的祈祷，从细细的枝杈里，发出绿色的小芽来。

没有人知道我的焦虑，事实上，我如那株枯萎的月季一样，被人忘记了。不管疼痛与喜悦，浓烈还是浅淡，都不会有人，去注意沿墙低头走路的我。我已经习惯了这样的忽略，假若偶尔有人大声地在班里提及我的名字，我反而像一只受了惊吓的小兽，有想要瞬间消失掉的恐慌。大部分的时光，我缩在教室最后一排靠窗的座位上，将老师们的声音，当成背景，而后任由自己的思绪，在天空蓝色的幕布上，自由地飞翔。这是我在别人的张扬里，最为安全的存在方式，一如那株在繁花似锦的春天里，从来没有蜂蝶，流连过的月季。

那一小片花坛，植满了30株月季，尽管，我的那一株，始终无声无息，没有任何舒枝展叶的痕迹。负责浇花的园丁说，这株月季，定是枯了，否则，为何外面吵嚷一片，它却固执地缩在泥土里，不言不语？但我还是百般地恳求那个好脾气的师傅，无论如何，都不要忘了，施肥浇水的时候，多多眷顾这株孤独的月季。

这样的乞求，并没有奏效。园丁在一株株欣然吐叶的月季面前，每每还是将它忘记，或者，即便是视线飘过，也不作短暂的停留。这是一个花团锦簇的春天，空气里弥漫着湿漉漉的芳香，浓郁，热烈，常常就有女孩子的尖叫，锐利地划破傍晚的寂静，她们彼此开心地叫嚷着，自己的月季又长出了一片叶子，抽出了一条新枝，那新鲜的小芽，竟犹如婴儿的双唇，是可爱柔软的红色呢！我蹲在花坛边上，看着那株干裂寂寞的月季，听着别的女孩子兴奋又夸张的叫声，还有操场上隐约传来的篮球撞击水泥地面的响声，终于将头深深地埋进臂弯里去，哭了。

春天不过是一个转身，便走掉了。校园的红砖路上，青草在一次次踩踏里，弯了又直，直了又弯，蔷薇越过墙壁开出袅娜的花朵，藤蔓缠绕着，爬上高高的梧桐，初夏的风，翻转着层层密实的枝叶，而我的月季，它在我日日的守候里，依然选择了沉默。

花坛里的月季，已经竞相地开放，最好的一株，长在靠近我那一棵的左侧，枝叶蓬生开来，将那一方小小的角落，全都遮掩住了。园丁师傅许多次，都以妨碍观瞻的理由，要拔掉我的月季，却每每都在我的苦苦哀求里，住了手。他不明白，总是问我，丫头，这不过是一株发到你的手中，便已经奄奄一息的花而已，何必如此较真儿地，守护着它？而我，总是倔强冷硬地只有一句话：它不只是一株月季。

是的，它不只是一株月季，它是16岁的我，所有的期待、梦想与童话。我固执地认定，假若它真的不会醒来，那么，我的青春，也会如它一样，暮气沉沉，了无希望。

那个闪亮的童话，就在盛夏的一个清晨，苏醒过来。我守护了整整一个春天外加一个初夏的月季，终于从泥土中，生出一个卑微但却执着向上的新芽。那株枯萎的枝杈，依然安静地挺立着，等待那柔弱的生命，一天天向上，向上，直至最后，远远超越了它的高度……

我的月季，在温暖的泥土里，蛰伏了整个的春天，它错过了争奇斗艳的季节，却还是来得及，在阵阵蝉鸣的盛夏，一点点地，靠近馥郁的花香。

16岁的那年夏天，我的每一本书里，都飘散着月季的芬芳。我将第一朵花凋零时的花瓣，全都细心地收藏进书本，它们的红色，深深浅浅地嵌入温情的文字中，每一次读，都能嗅得到，它最初绽放时，饱满恣意的芳香。

而这样的香气，从16岁时那个自卑的丫头，一直缭绕到而今自信从容的我，历久弥香，再也不能让我忘记。

让我们彼此依然不屑一顾

我与申相识的时候,彼此还是少年。那年申转学而来,听说,是因为打架早恋,被前一所学校开除了,但并没有费多大的力气,便靠做领导的父亲,转到我们这所升学率很高的中学里来。

他一来,便做了我的同桌。我反应强烈,即刻找到老师,说无论如何也要把申从我旁边调走,否则自己宁肯站着听课。老师百般劝说,又道出其中秘密,说申的周围,都是如我一样一心学习不爱废话的优秀学生,他即便想要说话,又有谁会理他呢?时间久了,他觉得无趣,自会终止一些不良的恶习,或许你们能够让他往好路上领,也不一定呢。我对老师的长远计划嗤之以鼻,我根本不相信这样一个斜眼看人的痞子,会"近朱者赤";当然,我们也不会"近墨者黑",是这点自信,让我最终,停止了上诉,回到原来的座位。

他显然对我这个戴一副黑框眼镜的优秀生，同样不屑一顾。上课的时候看见我屡次举手回答问题，很显摆的样子，便撇撇嘴，鼻子里"哼"一声，像是一只苍蝇，触到了鼻尖。如果我答对了，老师忍不住表扬我几句，他的眼角，瞥瞥我神采飞扬的脸，随即便一脸懊丧地俯身伏到桌子上去，手，很无聊地转起笔，触到书本时，发出轻微的不满的啪啪声。如果我自信满满地站起来，慷慨激昂地发表了一通见解，老师却完全否定掉了，他则得意非凡起来，不住地扫视着我，眼睛里带着那么一点点的同情和惋惜。他显然很清楚这样的同情，最能打击我的自尊和骄傲，那一根根射过来的视线，总是百发百中地，将我鼓胀的自负刺穿，空余一副疲沓的空壳。

而我，亦是如此。许多的老师，对这样一个有背景的差生，并不买账，他们看重的只是成绩，且认定，只有学习好的学生，才能给他们带来切实的荣耀与光芒；至于申这样于升学率没有任何帮助的学生，多一个少一个，认识与不认识，是没有多大的区别的。老师们在看到他"劣迹斑斑"的档案时，就已经在心里，将他当成了一团隐匿的空气。我时常地在老师们射过来的冷漠的视线里，士气大振，似乎，我无须费一兵一卒，便能将这个对手，轻易打倒在地。我也会在课间十分钟，借让老师讲题的机会，给企图在课下招摇的他，抬手一个闷棍。

这只是小而又小的摩擦，像是高手过招前的热身，除了让我们更加的鄙视对方，并没有什么更大的作用。我一直以为，我们不过是在两条互不相干的路上，走着的人，不论时光怎样流转，我们永远都不会相交，但还是有一次，两个人射出去的冷箭，在半空，擦着了彼此，迸射出冰冷刺眼的火焰。

那是在一次学期末的总结大会上，我作为优秀学生代表，上去发言。而他，则作为劣生典型，去做检讨。两个人在上下台擦肩而过的瞬间，他突然用肩头拦住我，说，放学后，在教室里等我。我没有理他，径直昂头走下去。但是那天大会结束后，我还是丝毫不惧地留了下来。我想如果能用拳头了结我们之间隐形的恩怨，我很乐意奉陪。

随着教室里的人，越来越少，我们之间的空气，也愈来愈紧张，我几乎闻得见浓郁的火药味，蛇一样，吐着芯子，游移过来。只需最后一个离开的人，轻轻关上教室的门，一场恶战，便会爆发。

可是，并没有刀光剑影。当最后一个学生，转身出门的时候，他站了起来，拿起一支粉笔，在书桌的中间，用力地划下一道线，然后将粉笔潇洒地朝后一丢，冷冷笑道：此后，我们谁都不必再丢白眼，各走各的路，各谋各的职，你有你骄傲的资本，我也有我得意的资源。如果你非要拿你的标准，鄙视我，那或许不久之后，我们也只能靠拳头解决。但是，我更希望的，是我们之间展开的，是一场"非暴力不合作运动"。他说到这里，为自己借用的这个历史词汇，狡黠地笑了。而我，也忍不住，笑道：好啊，我们此后，非暴力不合作。

我们至此成为不屑一顾的陌生人，再不关注彼此。他继续他吊儿郎当的生活，我则一心往那更高处飞翔。他依然时不时地惹是生非，依然与每一个优秀的学生形同仇人，但唯独将我，完全丢进了生苔的阴湿的角落。

高三那一年，我们几乎没有说过一句话，班里的气氛始终沉闷，我连要好的朋友都懒得搭理，更不必说他这个被高考判了"无期徒刑"的差生。他早已经不再学习，每日来去，只是象征性的一个形式。除了上课，他基本上不待在教室，他自有他的群落，听说，他跟每一个考学无望的学生，都混得很好，彼此间称兄道弟，很是情投意合。但在我看来，那不过是难兄难弟罢了，过不了几天，他们这群落魄的"贵族"，就会被高考，哗一下子冲散了。

暴雨很快地来了又去，发榜那天，我在学校的操场上，看到生龙活虎的一群，那领头最生猛的一个，正是申。我看着他在人群里跳上跳下，时不时地，就被挡住看不见了，我们中间，不过是隔着几十米，但我却知道，那是咫尺天涯的距离，我们，永远无法逾越。

听说，申在父亲的奔走下，去了部队，在部队里学会了开车，技术超群，一个人在陡峭崎岖的山岭间驾驶，稳如平地。他依然一副桀骜不驯的模样，即便是如此严格的部队，也没有将他的锋芒，全部去掉。我们从来没有在同学聚会上相见。我们这帮在大学里混得风生水起的优生，于他，不过形同陌路；他，不过是我们相聚时，一个偶尔提起的话题。

几年之后的一个傍晚，我在小城的某条喧闹的夜市上，又看见了申。他在一个露天的餐馆前，与一帮人，正大口地喝着扎啤。抬头的瞬间，我们的视线，猝然相接。那一刻，我们谁都没有动，只是那样漠然地，看着马路对面的彼此。就像许多年前，我们在空荡荡的教室里，等待着人群走光，了结恩怨一样。

最终，还是申，一个不屑一顾的微笑，然后淡淡地收回视线，继续与人饮酒。而我，就在那样的瞬间，知道，时光再也不会给予我们，相遇的机会。我们，永远都是两条路上的旅者。

人生中，总会有这样一些人，不会成为息息相通的朋友，亦不会变成剑拔弩张的敌人。我们只是在心灵上,彼此不屑,彼此疏离。可是,能够路过,能够在别人提起的时候,漫不经心地说一句"哦,这个人,知道的",这样一种奇怪的缘分,像是一颗偶尔硌脚的石子,或者一株绊住我们的野草,被赋予我们单调的旅程,丰富我们平淡的记忆,未必,不是一件好事。

而一段旅程的意义,大抵就在这里。

年少的蜗牛没有壳

那时我是一个瘦瘦的女孩,又不美,站在人群里,常被人忽略,体育老师排队,下意识地,便让我出列,等他先将那些体形匀称、面容柔美的女孩子,排完了,才发愁地看我一眼,说,把你排到哪里才合适呢?我总是在他的这句话里,将头愈发地低下去。

后来在下雨天,看到那些缩在壳中的蜗牛,突然地就很羡慕它们,想着那时的自己,如果有一个温暖坚实的壳,可以在受到伤害的时候,躲入其中,做一个小梦,或者聆听一阵淅淅沥沥的雨声,该有多好。可惜,除了曝光在众人的视线下,焦灼,惶恐,惊惧,无助,我再也找不到,可以安放的表情。

那时班里有一个叫乔的男生,坐在我的后面,因为父母离异,个性孤僻,不喜与人交往,在人群里,亦属于沉默寡言、孤单无援的一个。只是,他的成绩,始终远远地走在我的前面,因此他的表情里，便多了一份孤傲与冷漠；有人与他说话，视线，总是瞥向别处去，就像，那个说话的人，不过是一缕无形的风。

我也是偶尔才会与他说话。不过是交作业的时候，让他帮忙传过去。或者打球，不小心踢到他的脚下，跑过去捡的时候，他淡淡地回踢过来，我拘谨地笑笑，向他道声谢谢。有时候课堂上分组讨论，我回身过去，看到他依然在俯身疾书，不理会老师的要求，便觉得孤单，想要回转身的时候，他突然将我叫住，说一声"开始吧"，便将自己写在纸上的观点递交给我。这样的交往，不多，却还是像那夏日树下的一小片绿荫，将惶惑不安的我，遮住，并徐徐地，给我丝丝的清凉。

我一直以为乔和其他的同学一样，对长在角落里的我，漫不经心，想不起来，我还是一株会绽放的花。我也一直认定，我们两个人的行走，是数学上的抛物线，看似从同一个寂寞的原点出发，却是离得愈来愈远，再无相遇的可能。乔注定是要读大学的，他的寡淡，甚至可以被女孩子看作是鲜明的一种个性；而我的未来，如此渺茫无依，我要到哪里，才能寻到一片，可以让我纵情绚烂的泥土？

我依然清晰地记得那次数学课，习惯了将我跳过的老师，不知是为了调节课堂的气氛，还是一时兴起，突然将我叫起，回答问题。不过是一个很简单的习题，答案就在某个地方，若有若无地注视着我，偏偏，我如此紧张，大脑一片空白，任自己如何的努力，也始终无法触及咫尺之外的答案。

午后沉闷的教室，因为满脸通红、手足无措的我，而瞬间有了生气。有人在窃窃私语，说，这样笨，不如退学算了；有人好奇地回头，目不转睛地盯着我，就像用一把刀子，一下一下地，在我的脸上，划下更难堪的伤痕。而那个向来不正眼看我的老师，嘲讽地瞥我一眼，说，还能不能想起来，要不要你后位的乔，轻而易举地来帮你找到这个答案？

我的眼泪，就在那一刻，哗一下涌出来。我想那时的自己，一定是一只被人残忍地割掉硬壳的蜗牛，明明知道那壳就在身边，却是再也无法缩回到其中。而乔就在这时，站起来，用一种从来没有过的响亮的声音，回答台上的老师：对不起，我也不会这个问题。老师的脸，当即变了颜色，可他还是强压着怒火，启发着乔，一直启发到答案马上就脱口而出了，可乔，还是固执地，保持着沉默。

那节课，乔陪我站到最后。铃声响起的时候，老师愤然扔掉粉笔，摔门而去；我回头，歉疚地看乔一眼，却碰到他温暖的视线，柔软地流溢过来。我的眼泪，忍不住，又落下来。

那以后的一年中，我与乔，依然言语不多。我常常将不会的问题，写在纸上，悄无声息地，递给乔；他的回答，总是如此详尽、晓畅，我的视线，一行行地看下去，宛若一只飞燕，穿过细雨，那样的喜悦，让我想要大声地歌唱。我在人群里，终于不再感觉到孤单，我不用回头，但知道，乔就在某一个地方，陪我站着，驱赶那些飞虫、寒气、热浪，或者鄙薄与不屑。

而乔的视线，亦不再冷漠。他甚至学会了微笑，对那些看过来的陌生路人。他还在给我解答习题的纸上，画一个微笑的小人儿，没有注释，但我看得明白，他在用这样的方式，表达对这份情谊的感激。

两个少年的孤单，就这样，因为一次彼此深深懂得的外人的伤害，而融合在一起，生出一朵粲然的花朵。它站立在万花丛中，从容，自如，敏感，又孤傲自赏。没有谁，能够阻挡这样恣意倾情地绽放；亦没有谁，能够理解，两颗曾经怯懦的心，历经了风雨怎样的冲击，才有了今日，这般缤纷的颜色。

  而成长中的那些惧怕，忧伤与落寞，就这样，在这段彼此鼓励的并行时光里，轻烟一样，散去。

只为这一程璀璨的光阴

亲爱的弟弟，不知我走的时候，放在床头的那封信，你究竟是漫不经心地看过便丢在一旁，还是在一丝丝愧疚的牵绊下，拿起床头的书，认真地读上几页？我已经远在北京，看不见此刻的你，是否又回到昔日散漫不羁的生活，怀着那么一点点的侥幸，继续在高考前的时间里清闲游走。

或许你会认为，我熬夜写出的五千字的信，不过是一堆于事无补的说教，你有你混日子的理由。你会像讲给没有文化的父母那样，讲给我这个硕士毕业的姐姐，说，你们学校不过是所不入流的高中，有最纨绔的子弟，几乎是每天，都有人打架，甚至连你这样中规中矩的学生，毫无理由地，就会被校园里的痞子们截住，挨一通嘲弄。或许你也会让我上网查询你们学校去年的高考升学率，百分之九十的学生，都是通过艺考，走进了大学，而我当初阻止了你读艺术，也就基本上阻止了你通往大学的路，因为，基本上，除去艺考生，只有十个左右的学生能够考上大学，而排在二十名之后的你，当然是希望渺茫。况且，你们学校的传统是，在高考来临之前，便将考学无望的学生，像残次品一样，全部处理掉，要么去学技术，要么去进工厂，要么自寻出路。

在这样差的高中里，你除了一天天地熬下去，熬到高考过去，那一张薄薄的毕业证发下来，还能去做什么？

更让你理直气壮地将学业荒废掉的，是而今实行的素质教育，你们终于可以不用补课，不用上晚自习，不用在漆黑的夜晚，飞快朝家中赶，遇上雨雪天气，还要溅一身晦气的泥浆。而今，你们只需在夕阳下，背起书包，说说笑笑地走回家去，书包里很轻，有同学间彼此交流的时尚玩意儿，也有给女孩子写了一半的情书，但唯独没有老师留的累人的作业。这样一身轻松地回到家中，若饭还没有做好，恰好可以打开电视，看一段娱乐新闻，或者赏半集电视剧；再或，偷偷溜出去，在网吧里跟新交的网友说几句话。这样的夜晚，再不像往昔那样度日如年，一本杂志，两本小说，三四句闲话，五六个哈欠，便轻而易举地打发掉了。没有老师的监督，你，完全是一只自由的鸟儿，可以放任自己在大把的时间里，幸福地遨游。

可是，亲爱的弟弟，这样的幸福，于高二已经快要结束的你，究竟还能有多少？你所谓的理由，不过是为你想要逃避这一段艰苦学习的岁月，所做的最拙劣的注脚。而我想要说的是，即便你们学校差到只有一个人能够考上，你也有为之奋斗最后一年的理由。再好的学校，也有神色黯然的落榜生，再差的学校，也有站在领奖台上的成功者，而你，又为何过早地将自己打入毫无希望的深渊？我并不是认定，高考是你唯一的出路，可是，假若一个人连青春里这第一场战争，都不愿意迎接，那么，你所谓的毕业后去独闯天下，岂不是一句可笑的空谈？我所要求的，不是你能考上哪一所大学，我只是希望，在你十八岁之前，能有那么一段意气风发、勇于拼搏的岁月，而这一段时光，不管结局是美好还是黯淡，在你人生的长河里，都必定会熠熠生辉。没有人能够否认，这段埋头苦读的青春，回望的时候，会绽放出最粲然的花朵。

请你尝试着，一点点地改变。哪怕，只是在放学的路上，边欣赏两边的风景，边记下卡片上的几个单词；哪怕，你将电视，自觉地换到英语学习的频道；哪怕，你克服掉自己心中的障碍，开口向比你成绩好的同学求教；哪怕，你能把起床后洗漱的时间，节约上短短的五分钟，而后将这些零敲碎打的时日，换成朗诵一篇散文，读解一道习题，探究一种生物，或者，只是给父母说一句安慰的话。

是的，因为你一直以来的不上进，父母几乎对你完全的失望，他们不知道如此游荡到毕业的你，究竟能够有怎样的未来。当我因为对你荒废光阴的气愤，而在母亲面前脱口而出，不要指望我能够为你提供怎样的便利时，她竟是背过脸去，哭了。父母一直都希望，走出小镇的我，能够在打拼出属于自己的一片天空的时候，亦能顺便，为你遮一小片绿荫。我无法说服他们，无论我飞得如何的高，都始终无法代你，走一生的路途。但我依然要在这里，无情地提醒你，此生，我是你的姐姐，但你永远都不要奢望，走出去的我，会像父母一样，为你20岁以后的人生，奔前走后，力尽筋疲。我只会站在最关键的十字路口处，为你指明那最通达的一条，就像此刻，我尽着一个姐姐所应该尽的职责，写这封信给你。

亲爱的弟弟，其实，你和我，是一样的孩子，曾经在父母的唠叨里，有想要离家出走的冲动；也曾经为买不起一件衣服，而羞于在体育课上张扬；又曾经在十八岁的路口上，犹豫且失落。但，不同的是，我的每一步，都走得结实且稳健，我知道自己唯有走出小镇，才能得到自己想要的未来，我知道大学能够提供给我，更明亮的一扇窗户，从这里，我可以看得更远，视线，亦可以飞得更高。

而你，亲爱的弟弟，能否像曾经的我一样，背负起行囊，执着地向前，只为这一程，璀璨的光阴？

水润时光里的斑斓密码

那时我已经开始爱美，会在肥大校服的里面，穿碎花的衬衫，天热的时候，将校服的拉链，尽可能低地拉下去，露出那一蓬一蓬散漫开着的花朵。有男孩子看过来，会羞涩地低头，手指轻轻绞着校服的一角，似乎，想要从里面，绞出一丝炽烈的勇气来。

那时真是单纯任性的小女生，十五六岁吧，总抓住一切可以不穿校服的机会，放任自己妖娆地绽放。老师们在讲台上，看见谁故意地将校服穿得凌乱不堪，就会板起面孔，说一通女孩子要自尊自爱的话来。而我们，则于课下凑在一起，七嘴八舌地讲这个老师的八卦和坏话，一直讲到心满意足，被批的那点小委屈，终于烟消云散，我们又回复到昔日嬉笑打闹、热爱臭美的一群。

是上美术课的时候，老师将一盆茉莉，摆在桌子上，说让我们描摹。邻桌叫茉的女孩，却偷偷地将一朵花瓣柔软芬芳的茉莉，画在了自己校服的内侧。画完了她便伸过头来，欣喜地要与我分享。就在我刚刚瞥了一眼那朵呼之欲出的茉莉，还没有来得及惊讶茉的大胆笔法时，老师便一脸威严地走了过来，而后不容分说地，让我和茉站到讲台上去。

惶恐中与茉肩并肩地站到讲台上，等待老师的冷嘲热讽，和同学善意却刺目的同情。老师冷冷地让茉给大家"展示"一下她的艺术作品，知道这是故意的揶揄，但茉却骄傲地朝老师微微一笑，而后打开校服的一侧，又像鸟儿一样，铺展开另一侧。台下一片哗然，我小心地顺着老师愤怒的视线朝茉看过去，这才吃惊地发现，她右边的校服内侧，竟然开满了大朵大朵绚烂的山茶花。而当她背过身去，将衣领内侧也翻开来，竟是一条长长的绿色的青藤！

老师的脸，霎时像泼了一瓶油彩，红的绿的蓝的紫的，混在一起；而这些颜色被他僵硬的面部肌肉一抖，扑簌簌地，便全都脱落下来。台下开始有人高声地喊叫，唱歌，像一群被束缚太久的鸽子，呼啦啦地，便撞开了笼门，飞向那高远纯净的蓝天。

我依然清晰地记得，这场由茉引导的手绘的革命，它在我们那个保守封闭的小城，犹如一道雨后的虹彩，张扬炫目地，挂在天边，让每一个人，都渴望走近它，采摘一片，放入背后的行囊。

我们手绘自己喜欢的花草、飞鸟、童话、音乐、明星、格言；我们还自创抽象唯美又神秘莫测的图案，而其中蕴含的爱恨，除了那个校服的主人，无人可解。我曾经将对另一个男孩的暗恋，只用一片水中漂泊的绿叶，就含蓄完美地表达出来。而茉，则把对一次测验失利的懊恼，用一个龇牙咧嘴的小人儿，尽情地发泄。男生们呢，则在校服上绘满崇拜的球星、赛车手，或者一个女孩秀美的双眸，一行爱的英文字母的缩写。

　　老师们终于无力阻止这股手绘的潮流，任我们将画由内至外，涂满原本单调的校服的每一寸空间。昔日总强迫我们穿校服的体育老师，却是喜上眉梢，因为，我们终于不用他耳提面命才勉强穿起校服，绕操场跑步了。那些绘满青春符号的校服，像是猎猎彩旗，陪伴我们，激情地，迎风奔跑。

　　几年后我离开校园，来到北京，在一所中学的门口，看见那些出出进进的男孩女孩，与年少时的我一样，穿着肥大的校服，脸上挂着漫不经心的表情，而所有流行的物语，不必看报上网，只需瞥一眼他们校服的衣领，袖口，肩背，便能管中窥豹。

　　而我，站在北京的街头，看见那些青春的代码，在校服上熠熠闪光，犹如我已经远逝的年少时光，那样的鲜明，疼痛，又感伤无助。是到那一刻，我才看清了，自己一路行走奔波，却始终不肯，驻足回望那段岁月的原因。

能把你的车票给我吗

我考入市一中的那年春天,因为父亲的一场大病,家里陷入极其窘困的境地。为了省下回家的车票,每个周末,我都会赶在同学离开之前,背起书包冲出宿舍,而后跑到几百米外的一家书店里,躲上一个下午;等到墙上挂钟的时针,指向6的时候,我才在书店老板的白眼里,悄无声息地放下书,低头走出门去。

还是初春,傍晚的风,依然有些凉意,我紧抱着书包,走在骑车匆忙赶回家去的人流里。因为饥饿和寒冷,身体常会微微地颤抖。就像路边花坛里,那些在风里,带着些微的绿意,瑟缩着的小草。偶尔,会遇到几个熟识的面孔,我总是习惯性地将衣领向上拉一拉,又装作怕冷的样子,用双手捂住耳朵,连带地,遮住大半个羞红了的脸。那些同学,皆是在市里居住的,赶上周末,便随了父母出来逛街。幸好因为衣着素朴黯淡,又总是溜着墙根走路,有那么几次,眼看着快要撞上了,却总会因了我的"大众化",而轻而易举地逃过劫难般的相遇。

但还是有一次,被一个人给撞上了。而这个人,偏偏是我最想在她面前,拼命掩饰窘困的英语老师。老师姓陈,叫樱子,但我们都私下里会叫她樱桃老师,因为她笑起来的时候,总是会让人想起初夏时节,那些刚下枝头的酸酸甜甜的樱桃,那样地恬美,又如此地动人。我几乎在她站在讲台上,开口说第一句话的时候,就深深地迷恋上了她。那种迷恋,裹挟着淡淡的芳香,夹杂着浅浅的忧愁,像是最美的季节里,一场沾着露水和青草味的初恋。我愿意为了换取她一缕温柔的微笑,而将自己,装扮成那个她最喜欢的公主,或者天使。我记得自己会在上英文课之前,在一旁灰蒙蒙的玻璃上,看一下自己的头发,是否尴尬地翘起一绺;或者脸上的某一处,有没有不经意间画上去的墨痕;而为了能在课上,回答对每一个她提出的问题,我会在她还没有开始新课之前,便能将课文,倒背如流。

是的,我是那样地依恋樱子老师,以至于我不能容忍自己在她的面前,有丝毫的差错和瑕疵。可是这样拼命地躲闪,偏偏还是露出了鲜亮衣服下,那片起了毛球的尴尬晦暗的衬里。

我记得自己刚刚翻开一本书,老板便直直地走过来,冲我嚷:以后看书,能不能别站得太久?你不累,我还看着累呢。我的脸,腾地红了,忙忙地将书合上,打算到旁边的店铺里胡乱去逛。刚刚走过拐角,便看到樱子老师抱了好几本书,朝柜台走过去。看到我,她有些诧异,但随即便回复了昔日的笑容,柔声道:安,也来买书吗?我视线慌乱地摇头,又点头,却又最终,在书店老板的不屑一瞥里，摇了摇头。樱子老师在我的紧张里，像是想起了什么，突然问我，安，你们女孩子现在最喜欢谁的书，我迷惑地抬头看她，又飞快地指指旁边书架上顾城的一本诗集，便打算结束这场众目睽睽之下的对话。不曾想樱子老师很快地将书抽出，走到柜台前结了账，而后双手捧了递给我，说，呶，送给连续两次英语考试都得了第一名的安，这是提前发给你的奖品，不许拒绝哦。

这巨大的惊喜，犹如温暖的热流，将先前要极力掩饰住的尴尬和难堪，瞬间融化掉。不记得怎样走出的书店，但却记得那一路上，我将书抱在怀里，飞快走回宿舍去的无边的幸福和喜悦。

樱子老师似乎很快地便将送我书的事情，忘掉了。直到又一个周末来临的时候，她突然神秘地将我叫到走廊上去，问我有没有用完的车票。看我一脸的迷惑，她便解释说，他们老师刚刚添了一项新的福利，可以报销每年来往的车票，或者其他一些花费，只要有单据和票据在就好。可惜她是个粗心的人，所有的票都是用过即丢，所以问我能否将以后用完的票，都收集好给她？作为对我的答谢，她会将报销费用的百分之八十，都返还给我，剩下的，就留着给那些进步的学生买奖品。

此后的每个周末，我都会将来回的车票，细心地保存好，等着樱子老师来上课的时候，夹在作业本里，送给她。这是我们两个人的秘密，当我将作业本递到她的手中的时候，我总是会在她感激的笑容里，快乐上许久。那种隐秘的欣喜，就像我坐在离家越来越近的车上，即将见到父母时的兴奋；或者像在拥挤嘈杂的旅途上，因了顾城的诗，而心内清澄静谧。还有什么事情，能够比使樱子老师开心，更让我这株卑微矮小的草，觉出骄傲的呢？而给予樱子老师帮助的同时，我也可以在周末的时候，与别人一样，踏上回家的旅程，该是命运对我慷慨的回馈吧。

这个秘密，一直持续到我高考结束，去领大学录取通知书的那天。我依然清晰地记得，我将来时的车票，平整地放在一本书里，而后拿着鲜红的通知书，去向樱子老师告别。推开办公室门，却看到她的桌子上，已是一片空荡。我惆怅地站在那里，等了许久，她都没有来。最终，是一个老师，告诉我，樱子老师已经随着她的男友，调到邻市的一个中学里去了。我握着那张车票，伤感地又站了片刻，终于还是在旁边老师的注视下，打算离开。但到门口的时候，我又鼓足了勇气，走到一个男老师旁边，说，麻烦您，能否将这张车票转交给樱子老师，这是最后一张我为她积攒的用来报销的车票？男老师疑惑地看我一眼，问道，报销车票？我在这里待了这么多年，怎么都不知道老师们还有这么好的福利？

原来那一片秘密绽放的花儿，之所以如此清香持久，只因为，它们与我一样，活在樱子老师了无痕迹却又那样温暖柔软的爱里。

第二辑　原来世做一朵莲

我们许多人的一生,常常抵不过一朵冰凌花的飞扬与炽烈。凌厉与温柔,如此完美地糅合在一起。只有在风寒中,能从袖筒里抽出手来,推门出去的人,方能于穿越时光的小径上,瞥见生命馈赠的最美的冰凌之花。

无法不对你残酷

弟弟第一次到北京读大学的时候,与我是同样的年龄。在父母的眼里,17岁,只不过是个孩子,而且,又是没出过县城连火车也没有见过的农村少年。母亲便打电话给我,说要不你回来接他吧,实在是不放心,这么大的北京,走丢了怎么办?我想起这么多年来,一个人走过的路,很坚决地便拒绝掉了。我说有什么不放心的,一个男孩子,连路都不会走,考上大学有什么用?!

弟弟对我的无情,很是不悦,但父母目不识丁,也只能依靠自己。我能想象出他从小县城到市里坐火车,而后在陌生的火车站连票都不知道去哪儿买的种种艰难,但我只淡淡告诉他一句"鼻子下有嘴",便挂掉了电话。是晚上12点的火车,怕天黑有人抢包,母亲提前五个小时便把他撵去了车站。他一个人提着大包小包,在火车站候车室里坐到外面的灯火都暗了,终于还是忍不住给我打了电话。我听着那边的弟弟几乎是以哭诉的语气提起周围几个老绕着他打转的小混混，便劈头问道：车站民警是干什么的？！这么晚了还来打扰我睡觉，明天车站见吧。弟弟也高声丢给我一句：车站也不用你接，用不着求你！我说，好，正巧我也有事，那我们大学见。我举着电话，听见那边嘈杂的声音里，弟弟低声的哭泣，有一刹那的心疼，但想起几年前那个到处碰壁又到处寻路的自己，还是忍住了，轻轻将电话挂掉。

弟弟是个不善言语又略略羞涩的男孩，普通话又说得那么蹩脚，扫一眼眉眼，便知道是乡村里走出来的少年；亦应该像我当初那样，不知道使用敬辞，问路都被人烦吧。他一个人在火车上，不知道厕所，水都不敢喝。又是个不舍得花钱的孩子，八个小时的车程，他只啃了两袋方便面。下车后不知道怎么走，被人流裹挟着，竟是连出站口都找不到。总算是出来后，一路上挤公交，没听到站名，坐过了站，又返回去。等到在大学门口看见我笑脸迎上来，他的泪一下子流出来。看着这个瘦弱青涩的少年，嘴唇干裂，头发蓬松，满脸的汗水，额头上不知哪儿划破的一道轻微的伤痕，我终于放下心来，抬手给他温暖的一掌，说，祝贺你，终于可以一个人闯到北京来。

临走的时候，只给他留了两个月的生活费。我看他站在一大堆衣着光鲜的学生群里，因为素朴而显得那么落寞和孤单，多么像刚入大学时的我，因为卑微，进而自卑。我笑笑，说，北京是残酷的，也是宽容的，只要你用心且努力，你也会像姐姐那样，自己养活自己。我知道年少的弟弟，对于这句话，不会有太多的理解，他只是难过，为什么那么爱他的姐姐，在北京待了只是几年，便变得如此不近人情？他之所以千里迢迢地考到北京来，原本是希望像父母设想的那样，从我这里获取物质和精神的多方支持，却没想，连生活费，做姐姐的，都要自己来挣。

一个月后，弟弟打过电话来，求我给他找份兼职。我说，你的同学也都有姐姐可以找吗？他是个敏感的男孩，没说什么话，便啪地挂断了。顷刻，母亲的长途便打过来。她几乎是愤怒，说，你不给他钱也就算了，连份工作也不帮着找，他一个人在北京，又那么小，不依靠你还能依靠谁？！我不知道怎么给母亲解释，才能让她相信，我所吃过的苦，他也应该能吃，因为我们都是乡村里走出来的孩子，如果不自己走出一条路来，贫困只会把所有的希望都熄灭掉，而且留下无穷的恐惧给飘荡在城市里的我们。碰壁，总会是有，但也恰恰因为碰壁，才让我们笨拙的外壳迅速地脱落，长出更坚硬的翼翅。

我最终还是答应母亲，给弟弟一定的帮助。但也只是写了封信，告诉他所有可以收集到兼职信息的方法。这些我用了四年的时间积累起来的无价的"财富"，终于让弟弟在一个星期后，找到了一份在杂志社做校对的兼职。工作不是多么轻松，钱也算不上多，但总可以维持他的生活。我在他领了第一份工资后，去赖他饭吃。他仔细地将要用的钱算好，剩下的，只够在学校食堂里吃顿"小炒"。但我还是很高兴，不住地夸他，他低头不言语，吃了很长时间，他才像吐粒沙子似的恨恨吐出一句：同学都可怜我，这么辛苦地自己养活自己；别人都上网聊天，我还得熬夜看稿子，连给同学写封信的时间都没有；钱又这么少，连你工资的零头都不到。我笑道：可怜算什么，我还曾经被人耻笑，因为丢掉50元钱，我在宿舍里哭了一天，没有人知道那是我一个月的饭费，而我，又自卑，不愿向人借，可还是抵不住饥饿，我在学校食堂里给人帮忙，没有工资，但总算有饭吃。你在现实面前，如果不厚起脸皮，是连走路的力气都没有的。

那之后的日子，弟弟很少再打电话来，我知道他开始"心疼"钱，亦知道他依然在生我的气，因为有一次我打过电话去，他不在，我说那他回来告诉他，他在大学做老师的姐姐打过电话问他好，他的舍友很惊讶地说，他怎么从来没有给我们说过有个在北京工作的姐姐呢？我没有给他们解释，我知道他依然无法理解我的无情，且以这样的方式将自己原本可以引以为傲的姐姐淡忘掉。就像我在舍友们谈自己父母多么地大方时，会保持沉默且怨恨自己的出身一样。嘲弄和讽刺，自信与骄傲，都是要经历的，我愿意让它们一点点地在弟弟面前走过，这样他被贫穷折磨着的心，才会愈加地坚韧且顽强。

学期末的时候，我们再见面，是弟弟约的我，在一家算得上档次的咖啡吧里，他很从容地请我"随便点"。我看着面前这个衣着素朴但却自信满满的男孩，他的嘴角，很持久地上扬着，言语，亦是淡定沉稳，眉宇里，竟是有了点男人的味道。他终于不再是那个说话吞吐遇事慌乱的小男生，他在这短短的半年里，卖过杂志，做过校对，当过家教，刷过盘子；而今，他又拿起了笔，记录青春里的欢笑与泪水，并因此换得更高的报酬和荣光。他的成熟，比初到北京的我，整整提前了一年。

我们在开始飘起雪花的北京，慢慢欣赏着这个美丽的城市。我们在它的上面，为了有一口饭吃，曾经一次次地碰壁，一次次地被人嘲笑，可是它还是温柔地将我们接纳，不仅给我们的胃，以足够的米饭，而且给我们的心，那么切实的慰藉和鼓励。

没有残酷，便没有勇气，这是生活教会我的，而我，只是顺手转交给了刚刚成人的弟弟。

时光雕刻的花朵

去位居中国最北的一个小城,正是冬天,天气预报里播音员在四季如春的暖气房里,一脸平静地特别说明,此地历史最低温度,曾为零下50多度。被南方气候宠惯了的旅者,在这样的天气里,会对滴答滴答缓慢向前的时间,生出恐惧。连带地对人生,也产生无助与空茫,像那天地间一脚踩下去,都找不到底的厚厚的积雪。

所以被娇宠惯的人,躲在房中,常会觉得整个天地都了无生命的痕迹。即便是有,一口气吹过去,也成了冰,融化的希望,渺茫无依。我也曾一度畏惧这样的寒冷,并不敢踏出门去。后来有一天,我终于勇敢地出了门,沿着小城一条安静的小路,一步步走下去。然后我便看到了那些争奇斗艳的花朵。

更确切地说,那是天赐的生命。它们一朵一朵,绽放在一家家商铺的玻璃门上,窗户上,或者日间的路灯罩上。甚至当地嬉笑奔跑的小孩子湿漉漉的头发上，或者俄罗斯姑娘在风里飞扬的辫梢上。冰凌花，这是它们被人类赋予的美丽的名字。那些小朵的，似羞涩的茉莉，悄无声息地芬芳着。那些大朵的，则在明亮的橱窗上，有喷薄而出的气势。我站在一家糖果店旁，看见那巧夺天工的绝美花朵，蕊丝如瀑布般，倾泻下来，一直飞溅到地面。我走近了，抬头仰视着这样在严寒中，不管不顾任性飞升或者垂下的花朵，只觉一颗心，被什么东西给镇住了，就那样定定地站在人家店铺的门口，像个因痴迷糖果而不肯离去的孩子。

我想起春天里昂贵到常让爱情为之疼痛的玫瑰，它们被层层漂亮的花纸包装起来，犹如那些台上耀眼夺目的明星，除了做出一副惹人怜爱的微笑，别无选择。生命在它们身上，不过是几日的光阴，高价买下换回女孩一抹骄人的笑容之后，便到了凋零的时候。很多情侣喜欢情人节的狂欢，可我却独独在情人节过后，为那些被扔入垃圾桶中干枯的生命，而觉得感伤。似乎生命的意义，在世人的眼里，只是那片片晦暗的红色，高贵与低贱，不过是从橱窗到垃圾桶的距离。

而夏日里盛放的百花，倒也有生命的炽烈，无论是田间地头，还是人家窗台，或者迎宾大道的两旁，都是它们的足迹。那样肆无忌惮的铺排与繁盛，常常给人以拥挤窒息的盛烈之感，那样的压迫，少让人起对生命的惊叹与敬仰。至于到秋天，则一路萧条下去，眼看着那重重的菊花，压下来，除了感伤，却是无能为力。

世间许多的花朵，都是娇贵易逝的。所以它们无法在冰天雪地之中，傲然绽放给世人欣赏。只有那冰凌之花，于生命的最北方，在酷寒之下，凌然怒放。并将写意的温柔，与泼墨的大气，在透明的玻璃上，一一尽显。

离开那个小城的时候，已是春天。积雪开始融化，冰凌之花，除非是早起，已经渐渐没了踪影。有一天我在即将逝去的稀薄的月光下，起身推门，又看到那些只属于北方以北的生命之花。此刻它们隐匿在微凉的晨曦中，依然努力地，将最美的花朵，绽放出来。只是花瓣重重打开时的声音，渐次微弱，听得到啪啪的轻响，犹如夜色之下，一个人穿了木屐，孤单地行走，没有灯，只看见那模糊的影子，一路忧伤地跟着，没有一句话。

这是春光里，它们最后的绽放。可还是看得到，生命的气息，雕刻在透明的玻璃上，那瞬间的光华。

我们许多人的一生，常常抵不过一朵冰凌花的飞扬与炽烈。凌厉与温柔，如此完美地糅合在一起。更多的时候，我们看似有春夏花朵的奔放，却是在一场霜冻之后，便将那颓势与衰败，赫然显现。而只有那在风寒中，能从袖筒里，抽出手来，推门出去的人，方能于穿越时光的小径上，瞥见生命馈赠自己的最美的冰凌之花。

三米外的俗世生活

我的书桌,正对着一扇窗户。隔着三米葱茏的绿意,则是一栋高高的楼房,我从来都数不清这栋楼,究竟有多少层,就像,我从来都窥不到,每一个窗户里,究竟藏有多少无法说清的秘密。我所能做的,就是坐在这里,安静地等待,每一则故事,漫溢出芜杂纷繁的枝叶,而且恰好,神秘地抚过我的窗台。

楼房的每一个窗户,几乎都被以防盗的名义,额外加铸了结实的钢筋,这样便可以向无人可以阻拦的半空,伸出半米的私人空间。在城市文明的视线,无法触及的角落,人人都学会将隐藏的"小我",自由地舒展出来,并把所做的一切,视之为合理。

我可以看到二楼被绿树掩映下,多出的窗台上,有一只白胖的猫,趴在一盆蟹爪兰上,眯眼延续着夜间没有满足的某个春梦。虎皮兰在半空里,向上伸展着肥硕性感的叶子。一只鸽子偶尔路过,停在生锈的栅栏上，咕咕叫着，不厌其烦地扰着白猫的美梦。北方的阳光，伴着响亮焦渴的声音，落在窗前那株因无人看管，而索性只开花不结果的桃树上。

窗内的男人，大约有40岁，早早地就秃了顶，常常粗鲁地拉开窗户，将一口黏稠的痰，啪地吐在香椿洁净的枝叶上。而这株倒霉的香椿，除了在风里无奈地摇晃一下，试图摆脱那样一口在阳光里迅速发酵的痰，或者等着某只麻雀，误食了它，再无他法。

这个谢顶的男人，有一个15岁的女儿，轻微的智障，常常在夜晚哭喊着，要她的父亲，去买新烤的羊肉串，或者冰激凌。有时候她也会跑到阳台上来，朝我这边眺望，并对我在电脑上啪啪啪打字，有艳羡般的好奇。我偶尔抬头看她，并拿同样好奇的视线与她对视。她常常会惊吓般地转身离开，砰地关门，然后在我看不到的窗帘后，继续她的窥视。

她歇斯底里哭闹的时候，客厅里只有一个苍老女人哄劝的声音，显然那是她的奶奶或者外婆。厨房里她的母亲，在不耐烦地洗着油锅，急急地做着晚饭。电视里新闻已经接近尾声，她的父亲，终于在她的吵闹里，起身，沉默地走到阳台上来，吸着饭前的最后一支烟。

男人吸烟的时候，视线无助地落在一株矮小瘦弱的夹竹桃上。那一刻的他，常常让我忍不住同情。我从他晾晒的制服上，猜出他是附近的交警，当是在外面，有无限的威风，遇到违章的车，不管其内的人，如何风光无限，都可以毫不留情地下张罚单，并在他们的苦苦哀求里，有始终如一的威严。可是，当他回到家中，面对俗世生活甩给他的残破的一切，却只有弃掉伪装的尊严，默默地接过。

三层的主人，是对刚刚结婚不久的年轻夫妻。窗户上喜气洋洋的双喜字，还残留着几分鲜艳的红色。阳台上一字排开，是活得鲜亮生机的花，有明亮的太阳花，傲然的仙人掌，喜悦的茉莉，优雅的君子兰，而一株茂盛的吊兰，则瀑布一样，流到二楼的窗台上去。

他们有时候会争吵，都是鸡毛蒜皮的小事。漂亮的女主人会负气跑到阳台上来，哭泣，或者静静地点一支烟，并不抽，只任它燃着，将那薄而轻的烟雾，<u>丝丝缕缕地</u>，随了烦恼，飘散开去。常常不等一支烟燃尽，男主人便会在她的后面，将她抱住，她任性又温柔地，挣扎几下，便回转过身，边捶打着他，边在他的怀里，咯咯笑着，进到卧室里去。

我喜欢这对年轻的夫妻，他们初婚的柔情蜜意，冲抵了我二楼残缺生活的那抹黯淡。想那人生，有苦有甜，经过层层过滤，终究，是可以调和成一杯能安全饮用的水。不管这其中行走的人，是自私小心，谨言慎行，还是勇敢无惧，豁达大度，都能够透过小小的窗户，窥到外面世界葱茏的绿意。

我站在窗前，窥视着这一切的时候，这栋楼里，一直有因为装修，而持续不断的尖利的噪音。楼群间的空地上，那些于稀薄的泥土里，自由生长的树木，它们依然在这喧嚣嘈杂的黄昏，有着生命不可缺少的灵性与诗意。那一缕最后的夕阳，照在一株不结果实的桃树上，有一种终生未婚女子的圣洁与高贵。

噪音突然停下的时候，寂静像一脉清泉，缓缓漫过我的窗户，流溢到每一个黄昏中安静的角落。鸽子飞翔时的哨声，某个场馆里孩子练习跆拳道的健康的喊叫声，墙角小虫的鸣叫，鸟儿私密欢快的啁啾，马路上呼啸而过的汽笛，窗帘在风里海浪一样扑啦啦的起伏声；还有雨后水泥地上，清晰的脚印，砖上生意盎然的一簇青苔，泥土阵阵扑鼻的清香，此刻，都如那水中的波纹，一圈一圈地，荡漾过来，一直将我的每一个细胞，都浸润在这湿漉漉的黄昏里，许久，都不肯踱步离开。

我站在窗前，窥视着三米外这方残缺但又真实的俗世生活，忽然心内，充溢了无限的温柔。

谁采走了我的决明子

去一个朋友家，看她在喝一种叫决明子的茶。

茶包装在精美的小袋子里，上面写着，可以减肥，明目，清热，润肠，降压。朋友饶有兴趣地说起儿时常常看爸爸饮用这种茶，并不知道是为了降压。但这种从药店里取来，煎炒而成的茶，却是因了其微凉微苦的香气，而在她的童年之中，留下深深的印记。她记得那时常常牵着爸爸的手，行走在夜晚城市安静的马路上，坐两站公交去药店取决明子。

她记得公交车上，一年到头都穿中山装的司机师傅，那个师傅的口袋上，还像爸爸一样，别着一支"英雄"牌钢笔，如果他没有坐在车上，而是走在马路的人群中，朋友会将他当作一个文化人。事实是，司机不认识几个字，托了层层关系，才来车站上班。后来又生了一个儿子，成绩也总是拖着班里的后腿。司机因此便心里落下了病根一样，对于有文化的人，格外亲热。每次上车，司机总会与爸爸响亮地打一声招呼，说，林老师，坐好喽。每每这时，朋友也会跟着挺一挺胸脯，似乎，爸爸的荣耀，连带地让自己，也有了光芒。

像有默契似的，药店总是等着朋友与爸爸来了，才关门打烊。所以那盏在小小药店里的灯盏，也便温暖了朋友整个童年的记忆。药店里的瘦猴子叔叔，总会提前将决明子和其他给妈妈煎服的中药装好，等着他们去拿。

决明子装在塑料袋子里，朋友提着，走在路上，她会听见决明子像小小的昆虫，在夜色里浅吟低唱。有时候她会侧起耳朵，倾听它们的私语，哗啦哗啦，又像是溪水的流淌。

有那么几次，她淘气，将它们甩来甩去，一不小心，便将它们全洒在马路上。于是在爸爸温柔的嗔怒里，她跪在地上，嬉笑着将那些细小的宝贝，全又收拢到袋子里去。

而今，朋友没有想到，她与身边的白领们，竟然也开始喝起这种茶，而且，还有一个流行的名字，叫"亮眼八宝茶"。只不过，他们皆是为了一种减肥保健的时尚，而不像父辈们，单纯为了治病。他们还尝试其他的茶饮，玫瑰，百合，芦荟，菊花等等。这些据说美容养颜减肥的东西，被他们全部拿来，泡在杯子里，日日啜饮着，犹如啜饮一杯伤感又气质高贵的咖啡。

当我好奇地将决明子，倒入掌心，用指尖，微微抚过的时候，二十年的时光，突然就被这种宛若绿豆的绿棕色菱方型草药，给唤醒了。

我想起的，是家乡长在荒野里的一种叫夜合草的植物。它们生在荒郊野外，或者路边墙根，甚至人家檐下。我去上学的路上，它们在沿途与我做伴。夏天的时候，它们会开出黄色的花朵，满山坡地看过去，犹如美人头上的花环。我有时会采摘下这些指甲一样小的花朵，戴在头上，或者别在耳边，而后等着人来夸赞。

但这种植物，伴随了我整个的童年，却并不是因为，它们的花朵，多么美丽，或者妖娆；而是由于，它们秋天的果实，可以为我换来漂亮的发夹，鞋子，袜子，甚至是裙子。每年秋天到来的时候，我放了学，便将书包一丢，提了大大的尼龙袋子，疯跑出去，与村里大几岁的姐姐们，沿着长长的河岸，或者山坡，采摘夜合草的果实。它们的果实，像是豆荚，细细长长的，包裹着其中小小的颗粒。我有时候会将它们小心翼翼地剥开来，看一粒又一粒的种子，拥挤在一起，在壳里婴儿般安睡的乖巧模样。

我们一路采摘过去，常常就走到了外村的领地上去。我会看到外村里一样的牛羊，车马，田地，我觉得这样的出行，与去课本上的北京天安门，一样的兴奋，欣喜。

我会飞奔在陌生的田间地头，惊异地看那些新鲜又让我慌乱的面孔。我还会偷偷地在背后指点人家，如果那人不小心回头张望，则立刻小老鼠一样，躲到姐姐们的背后去。

而那些处在花季的姐姐们，则大胆得多，她们唱歌，歌声热烈又迷人，总会惹来路边男孩子们的嬉笑注视。她们从来不像我一样胆小惧怕，她们戴上招摇的花环，一边采摘一边拿眼，斜觑着那路过的男孩。听见他们"嗨"一声大叫，则会飞一个白眼，给他们一个骄傲华丽的转身。

这样的出行，我乐此不疲，不仅仅是因为，回来将这些种子晒干了，拿到小镇上卖掉，可以换来让父母高兴的零钱，更重要的，是我可以飞进田野，做一株自由自在地仰望蓝天的夜合草。

我并不知道，这些种子，卖掉之后，可以做什么。它们对于我来说，除了换来小小的零用，便再无其他的价值。而我的父母，有时候会将它们剥开来，装入布袋中，给我做成松软的枕头。我每晚睡在其上，从不会考虑它的药用功效。我的梦里，永远是田野高远的天空，充满果实芳香的大地，明净的小溪，起伏的山岭，还有女孩子们纯美的笑脸。

而这样一种串起我整个童年的植物，我从来都没有想到，它还有另外一个名字，叫决明子。是我从朋友家回来，路过药店，去问一个药剂师，他告诉我，夜合草，不过是决明子众多名字中的一个。就像，一个孩子，他一路走来，会因为乳名，学名，绰号，网名，笔名，艺名，而被不同的人，以这样那样的方式，记着一样。

而决明子自己，它从荒野之中，走进药店小小的柜台，这一个行程里，会不会像我的朋友，想起这个城市的马路，汽车，行人，影院？或者，像我一样，忆起麦田，蜂蝶，阳光，雨露，花草，农人？

我一直固执地认定，不管它们是在枕中，还是白领高档的杯中，梦里，总会有我奔跑的影子。

因为，我们生命的最初，曾经以这样温柔的方式，历经彼此。

时间会告诉你

她嫁给他的时候,刚刚20岁。而他,则是比她的父亲,还大了两岁。

这样的结合,当然绝少有人来祝福。她的父亲,早已咆哮着与她断绝了关系。母亲忍不住,结婚的时候给她打了电话,人却是哭得说不出话来。他的两个孩子,不仅不来参加他的婚礼,路上碰见了,是连招呼也不打的。沐在爱河里的她和他,并没有觉出有多少的难过。她照例顶着五彩缤纷的头发,背了绘有卡通熊的背包,啃着可以美容的嫩黄瓜,旁若无人地去上他的课。他是大学里出名的教授,她只是因为没考上理想的大学,任性地来这所学校做了一名服务员。他说要让她跟着他读到研究生,她也觉得闲着无事,于是开始来上他的课。

有一次,他讲到朱自清,提到那篇出名的《背影》,说父爱是一种长在血液里的东西，除非做父亲的不在了人世，否则他对自己孩子的爱永远都不会停息。她听了，想起几乎是将自己打出家门的父亲，想起对无情的儿女也日渐冷淡下来的他，觉得这是谬论，或者口是心非。父爱怎能是与生俱来、相伴相生的呢？她固执地要打断他的话问个明白，而一向在课上都对她百依百顺的他，却是头也没抬，便给她一句：时间会告诉你的。

回家后他们第一次有了争吵。吵完了，这个像她父亲的男人，便一个人待在书房里不再理她。她听见他在与谁打电话，小心翼翼的声音，像在哀哀求着什么。她偷偷拿起分机，听见他说：孩子，你在学校里还好吗？爸爸很想你，真的，梦里都想。你又长胖了吧？别老想着减肥，女孩子胖点招人喜欢。最近，你给你哥哥写信了没？他胃不好，记着别让他吃太油太咸的东西。我又给你们卡上打去三千元，记着一定别太省俭，不够了打电话告诉我……

一直沉默不语的那端，突然一个很陌生的女孩子开了口：叔叔，你以后有事直接打到隔壁去吧。别再记错了打给我们听啦，您一次说这么多话，让我们转告她也有点麻烦哦……

她一时有些茫然，在他的一声声"谢谢"里，才一下子恍悟：他原是用这种一次次故意打错的方式，让他的孩子们知道，做父亲的，不奢望他们的原谅，却希望他的这份深深的父爱，他们能知道。

几天后她接到母亲的电话，说给她寄了最新鲜的桃子让她尝。她和母亲叽叽喳喳地谈一些琐事，却是总感觉那边的呼吸时轻时重地有些奇怪。她便在呼吸又变重的时候突然地问：妈妈，您嗓子怎么了？那边熟悉又陌生的一声：嗯？她一下子呆住了，竟是父亲，在那端听她的电话!

　　桃子是家里种的。她出生的时候正是桃花开，父亲从别处移来一株小桃树，说要女儿照着漂亮的桃花长。转眼已是21年，桃树依然在院子里年年开出美丽的花，结出甜美的果，她却是被父亲撵出了那个小院，再也不肯回去了。

　　特快寄来的桃子，依然是饱满鲜嫩的。她一个个地拣出来放在盘子里，拣到最后一个的时候，泪，一下子涌出来。那个最大最红的桃子上，刻了鲜红的几个字：小艾，21岁。每年取一个最好的桃子刻上她的年龄，给她做"寿桃"，几乎成了父亲的一个习惯。再也没想到，这样一个习惯，在她无情地伤了父亲之后，做父亲的，依然是记着；且那么认真地，将这份被时间沉淀下的爱，一如往昔地，刻给她看。

　　她终于明白他的那句话：时间会告诉你的。真的是时间有情。

淤泥里开出的花

还是个小孩子的时候,便习惯了家里被来找父母讨要公平的人挤得满满的,他们在窄窄的房子里大声地吵闹,怒骂,甚至有时候会与父母打起来。我在一旁边写作业边听着这样一场高潮迭起的闹剧,有时候会对着那些想要揍我父母一顿的人笑笑,他们也是对父母占人便宜的毛病没办法了吧,否则不会在临走时看见我殷勤地给他们开门,怜爱地冲我叹口气。而我,在他们瞬间柔和下来的眼神里,会觉得开心,好像那种被别的小孩子鄙视的痛苦,亦跟着消散了一样。

我的父母是习惯了骗人欺人的,他们做小本的生意,从来都缺斤少两,没有让顾客心满意足的时候。最起码的公平,在他们心里,没有一点概念。他们在小城里,是被称为市侩的一类人,有便宜可占的事,从不会让他们错过。就是每年的交学费,他们也要跟老师讨价还价，让我在同学们面前，跟着他们吃尽了白眼。亲戚里面，没有不让他们伤过心的，过年串门的时候，有时候都会吵起架来。我几乎确信，每一次与人争吵，皆是父母的不对。他们那么自私，连我这个小孩子，都能明辨是非的事，在他们口中，却偏偏要争出几分对他们有利的歪理来。我已经懒得劝他们了，他们脑子里，与人斤斤计较凡事以我为重的思想，已经去也去不掉。我所能做的，唯有在他们一次次让我在人前觉得尴尬为难、甚至委屈受辱时，奋力地让自己从这种泥泞里跳出来，甩掉他们丢给我的麻烦和冷漠，朝着自己想要的有芳香的道路，拼命奔跑去。

但还是有跳不出来的时候。读大学以前，我永远是班里最后一个交学费的人，不管我用何种方式与父母嬉笑着要钱，他们都会一律冷冷地回答：没钱。他们或许是在吃穿上对自己都苛刻，但供我读书的钱，他们还是会有，他们只是觉得不舍，白白地把自己挣的钱交给别人，那就拖到最后，让钱在自己口袋里捂得烫手了，才一脸不悦地拿出来。我也永远都是那个朋友最少的学生，不管我怎样拼命地往周围的小圈圈里挤，都无济于事。别人总是很尖刻地就当面对我指责说：我们不想要骗子和小偷的女儿！我想给他们解释，尽管我的父母是坑蒙拐骗的人，但恶习是不会遗传的，我和他们中的每一个女孩子一样，良善、上进、懂得给人关爱。这样的解释，奏效的时候并不是很多。大多数时候，我一个人孤零零地骑车上学，在路上他们看到我热情地打招呼，理也不理，便嘻嘻哈哈地飞驰而过。我从没有对加入到那样一个朝气蓬勃的小团体里去失望过，我相信父母甩给我的东西，我会干干净净地甩开去，像骑车时将路上的积水欢快地溅出去很远一样。即便是父母犯了让整个小城人都不可原谅的错误，我也会微笑着面对别人的辱骂和孤立。

那是我最忧郁也最快乐的时光，我会因为在菜市场上，看到父母被人揪住衣领还据"理"力争而觉得哭笑不得。亦会因为能始终笑着将那些来找父母"算账"的人，一个个地打发走而感觉到开心，就像自己是个智勇多谋的英雄，可以保护总是惹是生非的父母不被人围追堵截一样。我记得偶尔会有男生在路上截住我，和我说一些让人莫名其妙的废话；他们磨蹭着不让我骑车回家，后来我知道他们是怕我的父母看见了，认为他们占了我的便宜，将他们臭骂一顿。他们倒是真的想要沾点能与我同行的便宜的。尽管他们没有写情书给我，只是喜欢与我天南地北地闲扯，但我却是为此会兴奋上很长的时间，不是为女孩子都向往的爱情，而是因为这样地被人嘲弄，还能有人喜欢。那是一段像莲花一样向上努力生长的过程，周围皆是淤泥，可是当我被赋予了生命，我就不会辜负这一段生机的旅程，而且，开出一尘不染的洁白花儿来给世人看。

我在读到高三的时候，已经有三四个可以心心相印的朋友。他们去我的家里做客，从不会因为父母的冷淡和自私而对我心生怨恨，他们知道我与父母是不一样的。甚至后来因为母亲偷了附近工厂的器具，被拘留了一个月，几乎成了小城人人皆知的新闻，但我的这些朋友，还是进门来礼貌地喊母亲"阿姨"，还是鼓励我报考最喜欢的英语。我的真诚和无忧，感染了他们，亦让他们身边的人相信，我是一个多么可爱豁达又单纯善良的女孩子。

后来我读了大学，身边没有人再知道我人品糟糕的父母；但每有朋友要去家里做客，我还是会把父母的待人习惯和盘托出，我不是让他们惧怕，而只是想告诉他们，如果他们看到我父母的为人，请不要因此怀疑我对他们的诚意。我无法选择出身，但我可以选择我自己走路的方式。我在走出那个小城后，难过的时候最喜欢看一部叫《蝴蝶》的法国电影，影片里那个叫莉莎的8岁小女孩，她被单身母亲一次次忽略，但却从没有哭闹过。她依然是一个快乐的小孩子，永远不会去想悲伤，永远知道只有想办法，才能让大人明白自己，让陌生人喜欢上自己。片中主题曲的歌词，我几乎倒背如流。

"为什么漂亮的花会凋谢？"——因为那是游戏的一部分。

"为什么会有魔鬼又会有上帝？"——是为了让好奇的人有话可说。

"为什么木头会在火里燃烧？"——是为了我们像毛毯一样的暖。

"为什么大海会有低潮？"——是为了让人们说："再来点"。

"为什么太阳会消失？"——为了地球另一边的装饰。

"为什么狼要吃小羊？"——因为他们也要吃东西。

"为什么是乌龟和兔子跑？"——因为光跑没什么用。

"为什么天使会有翅膀？"——为了让我们相信有圣诞老人。

这是一个孩子眼里的世界，一个在黯淡里依然知道要快乐成长的孩子的世界。而我整个的年少时光，即使这样走过，且在我融入这个社会的时候，开出让身边每一个曾经鄙视我的人，皆真诚惊叹的无瑕莲花来。

让心灵忘记过往的光华

我认识的一个人，在出版行业，有过叱咤风云的一段时光，彼时大家皆仰慕于他，将他当作心目中的英雄，及此生要抵达的高峰。与他见面，看过去的视线，皆是真诚仰视的。而他，在此种灼热的注视之下，心内也是得意无比。他的人生，则被这样的光环笼罩着，似乎，永远都没有黯淡沉寂下去的那一天。

他当然习惯了外人的吹捧，每每聚会，都是气定神闲，等人主动前来相识并索要名片的淡然。大家吵吵嚷嚷，争着与知名人士合影留念，唯独他，坐在那里，一脸散漫，不去理会闪光灯兴奋骚动的聚焦，非要等到人来请了，才自信走向那个别人早已空出的焦点的位置。他身边的熟人，皆习惯了他的这份高傲，并因为他光芒闪烁的成就，而将之认为理所当然。

几年之后，他所在的出版公司渐渐萧条，少有媒体再绕其左右，只为报道他最近所出畅销书的动向。他被这破败的摊子拖着，无法像往昔那样从容不迫，人显疲惫，面容也有老态。他身边那些不如他的人，此时皆风生水起，一个个比他活得春风得意。聚会的时候，大家在心理上，便能够和他平起平坐，甚至还有了俯视的一点坡度。拍照的时候排位置，为了照顾他的面子，照例还是将他安排在最中间的位置，可是打招呼的时候，言语间就带了"爱拍不拍、请君自便"的含义。他坐在那里，看着一行人嘻嘻哈哈，寻那最合适的位置，脸上便渐渐有些挂不住。

他就是从此时，开始在人前等人讨好般地介绍，转为主动出击，用那昔日的荣光，来填补喧嚣人群里的失落与寂寞。曾经记得一次见面，有个教育界名气渐涨的大学老师，熟人挨个介绍的时候，说，他的演讲，曾在北大等知名高校引起热烈反响；他听了即刻转向熟人，笑着意味深长地加一句：哦，我记得我去北大做演讲的那年，有个学生，一直坐车追我到家里，只为讨要一个我的签名。大家皆相视一笑，熟人也忙圆场：可不是，想当年咱们黄总在北大，也是轰动一时呢。他听了又刻意补充：现在我去，那里的老师，见了面照例热情地要拉我吃饭，可惜这两年我懒怠应酬，不喜场合，否则，是天天都有吃不完的饭的。

他的话说到这里，周围人的笑容，便有些僵，比他混得好的，一脸看透俗世的同情，想着他江河日下，且不与他争执计较；与他混得相当的，嘴角明显的有些不服气；而比他混得差的，则看着一桌人形形色色的表情，不慌不忙地呷一口茶，有等着看好戏开场的闲散与喜气。

这样的尴尬，在日后与他大大小小的聚会上，常会上演。东道主都知道他忘不掉昔日的辉煌,在介绍的时候,便主动给他颜面,将褪色的光华尽力再涂抹上鲜亮的颜色并力避让外人觉得不适他并不领这样的情面,觉得是主持者应尽的义务。有时漏掉了他的某项功绩,他必会不失时机地自己加上。

但他自己不知疲倦,念念不忘过往成就,外人却在时光里,将他渐渐落下,直至最后,因为他的退休回家,完全将他忘记。

我最近一次见他,是在一个书店,正翻看一本北大某个教授新书的时候,与他碰面。他已经老了,见我手中拿的书,便絮絮叨叨地讲起这个教授的历史,说此人当时,为了出一本书,曾三番两次在出版社门口,拦住求他。是他不忍,才尽心策划,将他第一本书送上市场,并让这个当时还是讲师的教授,开始崭露头角。

我礼貌地听着,但却希望他早一点结束这样我已经腻烦的炫耀。终于有书店的老板过来,对着有些耳背的他,大声地说:黄老,你要的书到了,去那边看吧。老板将他支开的时候,回头小声说:别理这个人,他活在过去,走不出来了,除了他自己记着那点光华,时不时地提起,谁还会知道他是谁呢。

看他苍老的背影,突然间明白,人走一生,最高也是最难的境界,原是将自己忘记,让别人记得。

可是,这样开阔通达的心境,俗世中与功利缠绕相生的你我,究竟借怎样可以乘风破浪的舟楫,才能安然抵达?

相遇在城市与乡村的路口

20世纪80年代初期的某个夏夜,母亲在地里干完活后,觉得肚子疼痛难忍,但她还是一步一步挪到家里,结果她刚走到卧室门口,便疼倒在地上。最终,她撕心裂肺的叫声唤来了左邻右舍,大家七手八脚将母亲抬上床,又找来一个据说经验丰富的接生婆,为母亲接生,而后便各自散开,去忙自己的事情。

父亲对于母亲的这一次怀孕,并未太过上心,照例在村头帮人家盖房子,直到天黑下来,才不慌不忙地收拾了东西,准备回家吃母亲做的饭。结果却是遇到母亲难产,生了一天一夜,我才在接生婆连连的哈欠里,呱呱坠地。母亲一看又是一个女孩,自己先自愧疚,不过是休养生息了一个星期,便包了头巾,下地干活。

在我出生的那个月,远在北京的一个女人,提前很长时间便向单位请了产假,在家里静养保胎。在各种营养食品都吃遍之后,我的朋友驰终于在医生手术刀的协助下，从他母亲的肚子里降生到锣鼓喧天的尘世。

据驰自己讲，因为是家族里的第一个男孩，从爷爷奶奶到外公外婆，无不将他视为掌上明珠。在我连水果罐头都没有尝过什么味道的时候，驰已经吃腻了凤梨山楂或者苹果的罐头，也玩够了变形金刚，翻烂了许多本连环画册，又在每天六点半的时候，盯着电视机看黑猫警长。当我在野地里飞奔到满脸脏泥，回家后倒头就睡的时候，驰需要天天洗澡后才能被父母允许上床。我对于玉米麦子高粱大豆有天生的亲切感，而驰则在上大学后出去郊游时，才分清韭菜和麦子的区别。我和小伙伴们天天在相邻的村庄里"暴走"，时不时地，会跑上十几里的路，只为看一场外村的露天电影。而为了看一本被人遗忘在墙头上的书，我甚至守在角落里长达三个小时，只等没有人会来取的时候，偷偷地将它带回家去。

那时候我们也会旅游，借了人家的自行车，七八个人浩浩荡荡地开到县城去，有个身材矮小的男孩，很多次都异想天开，要像孙悟空一样，变成一团棉花，钻进袋子里，而后跟着卡车飞到大城市里去。我们曾经在硕大的棉花堆里游转，也曾对着空旷的粮库高声呐喊。至于那些河流，小的煤矿，军工制衣厂，更是我们乐于探险的风水宝地。而那时的驰，时不时地，就跑到我在课本上才能看到的天安门广场上去放风筝，或者坐着父亲的吉普车，威风凛凛地四处兜风。他每天上学，都会乘坐公共汽车，而我，看见老师挂的巴士的图画，常常会想，为什么父母没有在生下我后，将我送给售票员家里养呢，这样我就可以天天坐车去上学了。

而我与驰，就这样在相差巨大的环境里，毫不相干地生长着。

我像田间地头的一株草,哪怕被人无情地拔下,只要根上还沾着土,照例又能在阳光下抽枝展叶,生机勃勃。而驰,则是城市里的一栋房子,生来就代表了尊贵和优越。风再猛,雨再大,躲进去,便是温室里的花朵,无须为生计奔波劳碌。

十八年后的秋天,我与驰,相遇在北京的一所大学里。我们一前一后地坐在同一间教室里,读书学习。只不过,我为了能够来到北京,需要比驰,多考出近一百分的分数。我们站在同样的起跑线上,我尽力地要向更高更远处奔跑,而驰,却出乎意料地,朝着我来时的方向兴致勃勃地走。我们在北京,结成互助的驴友。他带我游走故宫长城三里屯798,我则拿着我们小城的地图,告诉他,哪里是我常去的山,哪里是我爱游的水,哪里又有满山的桃花,和无人采摘的野枣。驰答应给我弄免费的明星演唱会的门票,我则保证驰去了我们小城,会有吃不完的野果,看不尽的山水。

我一直以为,让我惶恐无助自觉渺小无依的北京,我不会在其上,留下太深的足迹。而它,亦不会多么热情地,将我这个乡下来的丑小鸭,尽力地挽留。就像儿时去县城的阿姨家,总会被那个自以为是的表妹,毫不留情地抢夺手中的玩具一样,北京,对我的包容,亦是有限度的。但我,并没有在它的冷淡里,赌气,转身走开。我被一种莫名的东西推着,挤着,不由自主地,朝北京的最内里走去。我在毕业的时候,为了能留在北京,与一家毫无保障的私人公司签了约;我一次次频繁地跳槽,试图找到一份最稳定的工作,直到两年后,我发现一切的期望,都化为泡影,除了考研,追寻想象中的稳定与地位,我别无选择。

而这时的驰,与我一样,走走停停,换了许多份工作。只不过，他每一次辞掉工作的原因，都是因为挣的钱，足够开始新一轮的"游山玩水"。我曾经问他，难道没有想过，在城市里买一栋房子，安一个温暖的家？驰笑，说，可是这一切，我父母都早已为我安排好了，我所做的，就是用自己挣来的钱，多出去走走，或许何时累了，就会回父母为我买下的房子里去，不过，现在，还是趁着年轻，多颠簸动荡两年，我可不想为了孩子老婆，早早地就牺牲掉自己的自由。

我一直想，什么时候，我能够走到驰的前面去呢？当我在贫乏的生活里，拼命地想要物质满足的时候，驰早早地便厌倦了一切；当我为了美丽的北京梦，在宿舍昏暗的走廊里深夜苦读的时候，驰却因为出生在北京，可以在十点之前，喝杯新鲜的牛奶，上床休息；当我连电脑的键盘都小心翼翼不敢触摸的时候，驰早已十指飞扬，在网上开设了自己的小店；而当我为了能够真正地打到北京的内部去，在人才市场上跟专科生研究生博士生，争一碗粥喝的时候，驰却背起了背包，开始我儿时在山水间游走的惬意旅程。

后来的某一天，我在北京的一家外企的办公室里，再次遇到了驰。我们彼此笑笑，说，你好。而后，我坐在办公桌后面，微笑着问驰，为何要来我们公司应聘？驰说，东游西逛了这么多年，我想我需要一份工作，来养活我的家，我，不能依靠父母一辈子，而父母为我打下的东西，总有一天，会坐吃山空的。

就是那一刻，我突然地明白，原来我和驰，其实一直坐在同一辆车里，只不过，驰坐在能够看得见风景的位置上，而我，却是在阴暗的角落里。而今，命运终于将我们的位置，重新调换；我可以看得见北京的天空，和天空上自由飞翔的白鸽，而驰，则在逼仄的角落里,看清了自己昔日的位置。

  而那游走在城市与乡村路口处的命运,它原来一直,都有一双明亮的眼睛。

那些得不偿失的破事儿

我们这一生中,需要历经多少得不偿失的破事儿,傻事儿,荒唐事儿,才能在纷繁的俗世中,练就一颗洞若观火的心呢?

读幼稚园的时候,你可以为了别家孩子手里的一个时髦玩具,或者街头货郎筐里花花绿绿的好东西,便拼了命地,干号上几个小时。常常哭得上气不接下气,一家人都放下手头的活计,来哄来劝;而你,却在这样的溺爱里,愈加地嚣张,最终,你的耍赖皮,换来的,并不是别人手中的玩具,也不是货郎免费的停留,而是爸妈的一顿痛打,还有,因为哄你耽误了时间,而让爸妈赶不上上班的班车,挨了领导的批评。

年长几岁,有了虚荣后,你还会跟邻居家的小孩子攀比谁的爹妈有本事,会挣钱给自己买好吃的,或者有没有开了单位的车,带你去兜风。如果去上学,在路上,恰好遇到徒步上学的朋友,你会得意扬扬自以为是地，让爹妈停车，载上朋友，并给他（她）看人家为讨好你的爹妈，送给你的最新款式的书包，或者跑鞋。你在骄傲飞驰的车上喋喋不休，直说到朋友连恭维也懒得说，只将落寞孤单的视线，转到车外去。此后你那个素朴的朋友，便找了种种的理由，不肯与你同行。直到最后，你才醒悟过来，是你的炫耀，伤了朋友敏感的心，并因为这样物质上的差距，渐渐地，让你们成为陌路。

等到你走进满是浪漫诗句的花季或者雨季，喜欢上隔壁班里某个漂亮的小女生，你天天傻傻地在门口等她，或者在她途经的路上勇敢地拦截她，又到她家的窗户下面，做忠实的卫士，以便寻着时机，捉住那些与你争抢机会的小男生。你试图通过这样的方式，成功俘获女孩子的芳心；可是，你却自以为聪明地，办了一件傻事儿，你将一封带了许多错别字的情书，趁课间教室无人，偷偷潜入邻班，找到她的课桌，正要夹入一本书中的时候，教室里突然涌入一群学生。他们想当然地，将你当作小偷，扭送到老师的办公室去。慌乱之中，那封情书，被你放入了一个作业本里。结局，当然是被某个爱挑错字的老师翻到，成为学校野史上，被人津津乐道的一个笑话。

进入大学后，你有了大把大把可以浪费的时间，你在假期里，游山玩水，广结驴友。你还有了一帮很义气的哥们，或者姐妹，你与他们约会女孩子或者帅气的男生，你们跳舞，K歌，拼酒，翻过校园去酒吧里喝到凌晨，才在叫卖豆浆油条的声音里，醉醺醺赶回学校，打算找人替你在上午要点名的课里，答到。正行至宿舍楼的时候，恰被查夜不归宿的老师，逮个正着。光荣榜上向来见不到你的名字，学校曝光台上，却屡屡让你名声远扬。老师的花名册上，你的名字后面，总是打着冷漠的叉号。而补考的名单上，也同样少不了你。到最后，你在有关系的父母打点下，终于顺利毕了业，可是，你再见到大学里的老师，却总是想要躲，似乎，你的那些逃课打架喝酒游玩补考的糗事，还在他的点名册上，一丝一毫地记着，让你在他面前，永远翻不了身。

你终于工作了，并像父母所期望的那样，有了自己要为之打拼的家庭。你开始明白金钱与权势的重要意义，你用各种各样的方式，讨好领导，打探领导的喜好，以便年节或者重要事件的时候，送最讨巧的礼物。你平日里爱有事没事与领导套套近乎，你疲惫的时候，在家人面前，发脾气，摔东西，不给好脸色，家人讨好你，冲你微笑，你便说那是不安好心；可是一旦领导吩咐，即刻使出舞台上"变脸"的绝活，鞍前马后，周到服帖，看见领导露出满意的微笑，你也喜笑颜开，觉得人生的价值，有了实现。

你在时光的驱逐中，日渐地衰老，最终被社会挤到角落与边缘。有一天，你病了，躺在医院里，没有领导，来嘘寒问暖地慰问对单位做出过贡献的下属，也没有某个刚刚毕业曾经对你极力奉承的小兵，送一束鲜花过来。而你那些狐朋狗友们，正在城市的某个奢侈场所里，喝酒划拳，不亦乐乎。手机里每到节日便群发公共短信给你的熟人，此时也无影无踪。却是某个常常被公务繁忙的你，忘记，且很少想到送什么礼物给他的好友，转许多路公交，来医院看你，一进门，也不顾你这病是否传染，就握住你的手，说，别担心，病很快就会好的。你在俗世中，曾经麻木不仁地握过许多人的手，可是这温暖素朴的一握，却让你，潸然落下眼泪。

当你康复，出院回家的时候，你的儿女，父母，与另一半，列队迎接。你站在门口,看着这个曾经有点厌倦的温馨的家,突然间发现,原来走过了大半生,你又回到了原点,成为那个总让家人担忧的孩子。

也就是在那一刻,你漫长的人生,瞬间打通,让你看清了,那条一路坎坷走来的路。

爱的必修课

他在爱上她以前，因为斐然的文采，和出色的外语主持天分，算得上学院里一个风云级的人物。不知有多少的女孩子，偷偷地暗恋于他，将情书放在教室的窗台上。也有大胆的女孩，在路上拦截他，红着脸问他能否一起去看场电影。但他当时情窦未开，没有喜欢的女孩，所以对于这样热烈的追求，他几乎毫无感觉，只一心专注于学业。但这样的淡然，反而惹来更多女孩子的爱恋。女孩子们皆说，他越是坚持自我，高傲行走，他在她们心里的影像，便越是印记深刻，且特立独行。

而她，便这样在他的视线里，从一群女孩子中脱颖而出。他记得见到她的时候，他正要上台，报下一个要出场的节目。在后台的幕布旁，不小心撞到了她。他急急地说抱歉，她却莞尔一笑，柔声道，没关系。他只是匆匆地一瞥，便再也无法将她清澈纯美的笑容，从心底抹去。

这样深的印记，让他的那次主持，因为走神，而糟糕至极。他常常说着说着，便忘了台词，有时明明看着手中的提示，还是给念错了。一整场晚会，他的口误，竟达十几次之多。等他走下台时，甚至有学生当面指责他，说他丢了学院颜面。

他当然是不在乎。事实上，他在晚会一结束，便去找了她。他约她去看通宵的电影，并因此在第二天，被查夜的老师毫不留情地在曝光台上记下一笔。

热恋中的他，与昔日桀骜不驯的自己，迥然不同。他的个性，渐趋温和，早晨习惯跑步的他，将路线改成了他与她宿舍之间几百米的短途。他总是第一个从床上跳起来，跑去食堂买来早点，而后在她宿舍楼下等她慢腾腾起床。他会为了她的一句话，而一晚上不眠不休，辗转反侧。而在往常，他都是利用睡觉前的一个小时，写上一两千字的文章，投给报社的。他还时常地逃课，只为转遍大街小巷，为她买无意中提及的一款衣服。常常当她发来短信说喜欢他的礼物的时候，他正在教室里，因为没有回答出一个问题，而被看好他的老师批得一无是处。

他与她谈恋爱的第一年，他的一门外语考试，没有及格，是交了补课费，又突击了十几天，才勉强补考通过。他们相爱的第二年暑假，他带她四处游山玩水，花光了身上的钱，途中冒险逃票坐上火车，但还是没有逃得过车警的火眼金睛，当面在火车上好一通训斥。他们相爱的第三年春天，昔日真诚劝说他坚持写作的编辑，渐渐与他失去联系，最后连他自己都几乎想不起，最初曾因为文笔而被许多的女孩子们仰慕过。

大学即将毕业的那一年，他一心想着可以带她去自己家乡所在的城市，而后找一份安稳的工作，再结婚生子，给爱情画一个圆满的句号。但糟糕的事却接踵而至。先是他被告知，因为有三门功课没有及格，他将无法拿到学位证书。然后便是他父母联系好的那家单位，因为某种利益上的原因，找了理由，又将他拒掉。而女孩子的父母，则下了指示，如果不留在大城市，他们的爱情免谈。

他们就在这时，开始了无休止的争吵。这样的争吵，每一次，都以他的妥协为结束。他以为自己对她的迁就，会让她在毕业前的动荡时光里，一如既往地珍惜这一份爱情。可是，他却发现，这样一次次屈服的结果，是他离她的距离，愈来愈远。直至最后，她对他说，我们还是分手吧。

他起初几乎是愤怒，想到自己最美好的四年，为了这份爱情，耽搁了学业，荒废了文字，疏远了主持，又弄丢了学位，连向来骄傲的个性，都荡然无存，而这样的付出，却是没有换来一张爱情的毕业证书。

后来有一天，他遇到昔日一个曾经当街约他去看电影的女孩，他当即叫出了女孩的名字，而女孩却是看了他足足有十分钟，才小心翼翼地说，很抱歉，你与四年前我所认识的你，变化太大。他追问变在何处，女孩微红着脸，犹豫了许久，才道，那时你独特的个性，不知吸引了多少女孩呢，可是现在，你走在人群之中，我却很难一眼就认出你，你的鹤立鸡群的光芒，不知为何，消失得如此彻底。难道你不知道，那时你的女朋友，是费尽了心机，才制造了一次让你注意到她的机会……

他终于明白，他是最先丢掉了自己，才继而丢掉了爱情。爱的必修课，原来还包括如何始终如一地保持自我的光芒。

多年之后时光会给我们宽容

我在校园的食堂里，遇到了他们。

是新生开学的时候，食堂里挤满了来送学生的家长。橱窗里的菜，以不同的价格，或卑微或高傲地摆放着，等人来买。就像那些在餐桌旁，或惶恐或骄傲地坐着，等父母打饭来的学生。小炒的窗口旁，早已被围得水泄不通，订单已经增至100多个。中高价位的菜前，同样是人满为患。几乎每一个家长，在这时都出手大方，长途跋涉这么久，慰劳一下孩子与自己，理所当然，所以低价位的菜前，除了一些学生，倒是少见家长光顾。

我在高价菜的窗口，看到一个面容憔悴苍老的男人。他挤在一群西装革履衣着光鲜的父母们中间，一脸拘谨地，看着一份份的菜价。他的视线，在菜价表上，来来回回地，看了很久，最终，他指指一份鸡腿，对服务生，小声又坚定地，说，要这份。服务生习惯性地在喧哗中，高声问他一句：您要几个鸡腿？男人脸微微地有些红：只要一个。话音刚落，习惯了看菜给脸色的服务生，啪地就将一根瘦弱的鸡腿，盛进盘中。

男人端着这一根鸡腿，又沉默迅疾地挤进另一个窗口。我买了一份牛肉黄瓜，闲闲地溜达着，在人群里逡巡着空的座位。终于在一个角落，找到了位置。我的对面，坐了一个小痞子似的男生，一身韩式打扮，戴着耳机，听的一定是hip-hop，否则腿脚不会那么神经质地，剧烈抖动着，犹如得了抽风。他的面前，满满当当的，全是菜。一份排骨，两个鸡翅，三根羊肉串，一个汉堡，外加一杯牛奶，一瓶可口可乐。这个歪戴着帽子的小男生，像一个被宠坏了的孩子，将几个盘子，铺排得满桌都是，差一点，就将旁边一个衣着素朴、视线飘忽的小女生，给挤得没有了位置。

女孩却似乎对于他的霸道，毫不介意，只将眼神，投向窗口拥挤的人群里去。看她与大学校园不匹配的衣饰，和略略拘谨无措的表情，我便知道，这定是一个刚刚来大学报到的新生。

片刻后，那个买鸡腿的男人，便朝这边走过来。当他端着一份土豆丝，一份豆芽，坐在我身边，并将鸡腿，放在女孩手边的时候，我这才知道，原来他们是一对父女。对面的小男生，津津有味地品着一根羊肉串，嘴里发出有节奏的声音，似乎，美食在他，也是一种音乐的享受。

身边的男人，一直都没有话，只慢慢啃着一个馒头，夹少量的菜吃。有时候，他会将一口馒头，掰下来，放到菜水里，蘸一蘸，而后很香地嚼着。那根鸡腿，女孩一直没有吃。男人终于开了口：凉了就不好了，赶紧吃吧。

女孩就在这时,突然站起身,朝人群里走去。几分钟之后,她端来了一大杯扎啤,羞涩地放到男人的手边,说,爸,喝吧。说完了,又将那根鸡腿,用手,认真地撕成一小片一小片,并把其中的一半,放到男人的面前。

男人在女孩温暖的动作里,端起酒杯,一口喝掉一半。他黑瘦的脸上,因了这喝下去的酒,即刻有了一抹慈爱的红光,亮堂堂地,将女孩环绕住。

我对面的小男生,将营养与质量,皆大于这对父女午餐的东西,津津有味地全部消灭干净的时候,女孩细细拆开的那根鸡腿,还在盘中,剩了一半。小男生推开碗盘,吹着口哨,趿拉着拖鞋,走进餐厅外的阳光里去,而我,不知为何,瞥见那一堆横七竖八的骨头,心里,却浮起些微的忧伤。

我端起碗盘,起身要走的时候,看到女孩,细心地拿出一小片纸,将男人滴落在衣服上的一滴菜汁擦去。男人微微笑着,说:不碍事,你把那几片鸡肉,快吃了吧。女孩这次很温顺地,轻轻"嗯"一声,夹起鸡肉,很香很香地嚼着。而男人,也端起酒杯,红光满面地,将最后一口酒,全都倒入肚中。

走出餐厅的时候,我又回头,看他们最后一眼,这一次,我瞥见,原来餐厅里,有许多对这样的父女,父子,或者母女,母子,他们与许多年前的我与父亲一样,来自偏远而贫瘠的山村,在火车刚刚驶入北京这个城市的时候,心里便开始慌乱,手足无措,并有微微的胆怯与自卑。我无法准确地预测这些来自乡村的孩子的未来,但我却从自己从容不迫、自信勇敢的脚步里,知道,时光终会宽容地将他们拉上列车,与一批又一批的城市孩子们一起,去更远的地方，看更开阔的风景。

就像，许多年前，我与那个女孩一样，为卑微的父亲，在食堂里，打了一杯自己都没有品过的可乐的时候，怎么也不会想到，而今的我，站在人群之中，可以有如此明朗澄澈的笑容。

穿越声音窥到你

文字散落各地文摘期刊,像无家可归的孩子,被人转来转去。我在网上查到,打电话领取样刊与稿费,穿越长长的电话线,与领养了我文字的陌生编辑对话,常常,能从三言两语里,便看清一个人的表情,还有隐藏其下的一颗颗文字里沉浮动荡的心。

打电话给一家名不见经传的文摘杂志,时针不过是刚刚抵达下班的钟点,想象中大家都在收拾了东西,穿好了外套,等着去坐公交,或者买新鲜的蔬菜。有人吵嚷着要去吃新开张的盐水鸭,或者街角的川菜馆。办公室里当是一副喜气洋洋解放了的轻松与怡然,所以这时的电话打进来,不接无所谓,接了,漫不经心也可以谅解。偏偏,与我通话的中年男人,在一片吵嚷中,没等我说完来意,便噼里啪啦朝我开了火,说,也不看看几点了,我们都下班了,还打电话!语气里满是厌烦与怒火,听起来,像是某个机关单位里，前程不得意的老干事，事业上被人百般排挤，于是便将一腔无处可以发泄的怨愤，全都一股脑倾倒在每日用小事扰他的人身上。

我在他这样的一通训斥里，像一个做错了事的小学生，只不过，用了假装的平静，淡淡回他，抱歉，我不知道你们现在已经下班了。那人一句硬石块砸在我的棉花上，觉得不爽，又是厉声一句，催债也得看点吧，明天再打吧你！没等我应付一句"谢谢"，那边便啪的一下挂断，只剩了单调的忙音，嘟嘟嘟地提醒着我的耳朵，对面的人，早已用怒火，烧断了线路，所以也不必再枉费心机，要那微薄的稿酬。

又有一北方小刊，电话说明来意之后，接线的中年女人，即刻用尖锐的声音冷冷道，我们从来不发稿费！语气斩钉截铁，毫无商量余地。遇到许多告知作者没有稿酬的文摘期刊，但大多言语怯懦，语气温柔，怕一不小心，撞上好事者，不怕千难万阻，将杂志告上法庭，所以还是精神安抚为上。但像如此理直气壮、牛气冲冲的期刊，还是首次遇到。

被好奇与调侃的心理怂恿着，我突然增加了胆量，直截了当地，将昔日被我等清高文人不齿提及的稿费问题，抬上桌面，反问她道，你们为何不给文章作者发放稿费？难道你们一直都在免费办刊么？中年女人也上了劲，语气愈加地强硬，似乎要将我开始露了苗头的嚣张气焰，打压下去。依然是刚才的句式，只不过换了一个词语，成为小孩子无理取闹时的任性之句：我们就是不发稿费！

我终于在这句话后，笑了，而后拿出一贯的宽容，回她，那么就不发吧，谢谢。中年女人却是懒惰理我的宽厚，连"嗯"一声也不肯给，便挂了电话。我在余音中，想象那个女人，当是有一副冷硬的心肠，已经习惯了如我之类讨债的人，所以才练就了一身铮铮铁骨，任你万箭穿过，也伤不及她的丝毫皮肉。

也有内敛之人，不发飙，也不冷漠，只按部就班地，照你的指示与要求，像模像样的，说帮你记下联系方式，而后邮寄稿酬给你。只是，看不见他的动作，那声音里，却是透漏了一切秘密。长长的一个地址，每一次你还没有说完，他就已经下了写完的一个"好"字，总让你怀疑，习惯了一目十行的文字编辑，写起字来，也是健步如飞，大有一流速记员的标准。而且，不等你将名字说出来，他就豪迈扔给你一句，我们马上就去办理。我总是怕他尴尬，讪讪说道，可是，您还没有记下我的真实姓名，邮寄稿费，怕是不太方便。那端的秘密，终于像一个孩子没有系好的腰带，被一个人抓住了，轻轻一抽，便露出里面私藏的一笔小钱。

这样"善意"的欺骗，挂掉电话的时候，就已经心内明了，知道不必等如此郑重其事的承诺，那期待中的绿色的稿费单，定是不会上路来找你了。

俗世中充满了各式各样的欺骗，而那些给予了世人以精神食粮的文字，很多时候，却是可以成为一件最好的外衣，披上去，我们便似乎有了高尚的光环。可是，新装穿上去的时候，我们却常常忘了，身体可以遮蔽，声音，却是将我们的表情与内心，一览无余地暴露出来。

第三辑　行在我生命左侧的旅者

那么短的一程人生，走过已属幸运，而能够在旅程之外，看到爱与青春的影子，像窗外飞快退去的树木，一闪而过的溪流，沉默走远的山岚，谁又能说，这不是生命刻意安置的另一种偶遇？

十字路口处的一匹马

我是在一个车水马龙的十字路口,遇到了这匹马。

彼时它正被与它一样黑瘦疲惫的主人牵着,等红灯亮起,与行人一样穿过斑马线。我先是隔着马路看到了它晦暗的毛色,像斑驳的墙壁,又像经年不洗的老人身上,一块块的癣。我尽力地将它想象成一匹身经百战的烈马,曾经有过在战场或者草原驰骋的辉煌,不过是因为和平年代的到来,和草场的退化,而与那些失去了草场的牧民一样,迁徙到了城郊,或者是都市,做最卑微的工作。

它身后的车上,是高高耸起的红枣。那样鲜亮的颜色,将它衬托得愈加地黯淡。假若它的个头再矮小一些,我几乎会将它误认为一头沉闷的驴子。它的主人,显然是属于那些无证摆摊的小贩,自己种了枣林,便每天起个大早,赶着它,奔跑上几十里路,来城市躲躲闪闪地边走边卖。

它就那样安静地站在那里，低头，像一个想着心事的孤单的孩子。我经过它的时候，它甚至看都没有看我一眼。它的眼中，溢满了无助与忧伤。那一刻，它一定像我一样，在人群中，走神、发呆，忘记自己所处的地方。我懂得那样的孤单，在一片喧嚣之中，却什么都没有听到，只听见自己的心，在胸腔中，啪嗒啪嗒地走路，一直走，一直走，想要走到一个有温暖阳光的草原，或者家园。

可是它却与我一样，在这个城市里，丢失了自己的家。永远都无法寻到一小块泥土，可以将心植下，长成一株高粱，或者一丛根茎发达的草。

很快地有人围拢来，买主人的枣。主人欢天喜地地数着钱，全然忘记了给它丢一把干枯的草，或者像它昔日兄弟们的主人那样，爱抚地拍拍它的脑袋，示意它耐心地等待一会。他甚至都没有为它系上缰绳，任那一截绳子，在地上懒懒的搭着。

而它，却没有丝毫的抱怨。它依然温顺地站在那里，如一匹沉默不语的老牛，或者一座静止的雕塑。有生长在城市里的人，好奇，逗它，主人就哈哈笑着，一拍它的后背，说，老实着呢，不用怕。他说这话的时候，带着杂耍艺人的轻浮，似乎，它成了此刻能够博得顾客一笑的小猫小狗或者猴子，只要是主人一声令下，即刻使出百般武艺，博取肯掏钱出来的路人。

可是它却在主人响亮的巴掌里，忧伤地回头，看一眼那些嬉笑着的顾客，便又低头，做了感伤的诗人。是的，那一刻，它是这个城市里流浪的诗人。它本来应该是草原上奔腾的勇士，可是它失去了战场，沦为与牛一样拉着车，在城市里为人的生计奔走的工具。它永远都赶不上汽车，汽车溅起的灰尘与泥土，常常就无情地落满了它的四肢。它还被许多人嘲笑、奚落、指责、呵斥。就像我正经过的时候，它被迎面走来的一个城管，拦住了一样。

是它无意中拉了一坨粪便，尽管主人早已经在它下面，铺上了一个塑料的袋子，可还是有一些，溅在了马路上。城管不耐烦地让它的主人赶紧将马路擦净，然后立刻离开，不要影响了市容。否则，将不只是罚款了事。它的主人，不断地点着头，一连声地说着抱歉，然后蹲下身去，擦拭地上的粪便。它低头看着主人可怜地跪在地上，一遍遍地擦拭着城市不长野草的马路，眼中再一次掠过一抹忧伤。它微微后退两步，用腹部温柔地蹭着主人的身体，似乎，想要给受了城管训斥的他，些许的安慰。

可是这样的举动，却是换来主人一记毫不留情的鞭子。他气恼地骂着，说它没有眼色，拉屎都不知道找合适的地方！假若今天真的被罚，这一车枣就全赔进去了。

它并没有因此，发出一声旷野中的嘶鸣，它只是在主人的指示下，啪嗒啪嗒地顺着人流，无声无息地向前走去，而不管，它的背后，是一坨依然散发着热气的粪便，还是主人怨恨地瞪视，或者，我这样一个不相干的路人，带着疼痛的同情。

我想起一个住在草原上的诗人，他常常就会在外喝醉了酒，然后被人抬上自家的马，慢慢走回家去。每一次，我们这些住在城市里的朋友，都会担心他会被马载着，走丢了家。可是，他却总会被马，安全无恙地送回爬满牵牛花的篱笆小院。

我们皆称赞他的马是一匹懂得人性的好马，他却摇头，说，生长在草原上的马，与人有一样的智慧。只是它们不像人那样喋喋不休地炫耀，或者自以为是地自夸。它们只有在奔驰中，才会让人懂得那种与生俱来的勇猛与野性。一旦将它们放逐城市,或者促狭逼仄的马圈,它们宁肯保持沉默,也不会像人一样,将过去的光环,一遍又一遍地,提起。它们是草原上的勇士,如果远离了家园,它们则是最真诚的游吟的诗人。

那匹被当作牛使用的十字路口处的马,它的梦里,有没有过去的时光呢?它会不会怀念草原上的兄弟,羡慕那些可以战死的烈马?哪怕,是在电影拍摄中,被狡猾的人类欺骗着,为一场由摄影机录下来的虚假的战争,而战死沙场的烈马。

我想它一定会的,不管它的主人,如何的忽视于它,将它等同于所有没有梦想的工具。它在破旧的马棚里,一定会梦到那段飞扬的岁月,梦到无边草原上,鲜美柔软的水草,梦到真正懂它的牧民。就像,我这样一个来自乡村的孩子,梦见故乡的水稻,农田,炊烟,或者母亲一声声的呼唤。

因为它与我,都是这个城市里,走丢了家又时刻寻找着家园的诗人。

有没有阳光温暖过卑微的你

每天去电影学院蹭课回来,都会路过北京电影制片厂。我有时候,会刻意地走侧路,这样,便能与他们,擦肩而过,并闻到,他们身上散发的味道。

他们是北京,卑微的一群人。夜晚住晒不到阳光的地下室,白天,则坐在北影厂门前的台阶上,从日出,到日落,耐心又焦灼地,等待着机会的降临。他们与劳动市场上,等待被挑选的民工或者保姆们一样,渴盼着在某部电影里,饰演一个小小的角色。哪怕,只是一个侧影,一具尸体,一双眼睛,一声叹息,或者,被无情的剪辑师,一剪刀下去,只剩半个臂膀。

他们在台阶上,边期待着门口有某个导演出来,边无聊地打着哈欠,说着笑话,骂着粗话,或下一盘不知道有没有结局的象棋。他们衣着黯淡,神情沧桑,像日积月累,阳光下灰尘满面的石像。

他们之中，有父亲，母亲，妻子，丈夫，儿子，女儿。他们为了几十块钱的一个群众角色，会疯狂地拥挤，争抢。但等待的漫长时间里，他们则会谈起家常，谈起困顿艰难的生活。这样的闲聊，于他们，是一种比电影更温暖的慰藉吧。假若没有彼此的交流，不知道，他们在这里，能够将对于电影的挚爱，与美好生活的期求，坚持到多久。

有一天，我看到两个18岁左右的少年，他们躺倒在初春黄绿相间的草坪上，微闭着眼睛，看着头顶温暖阳光里，斜伸过灰墙的一颗枣树瘦削光秃的枝干。我很想知道，那一刻，他们在风中微微晃动的小梦里，有没有故乡另一株同样枝干虬曲的枣树？或者，是某个初恋时笑容甜美的女孩？我看了他们许久，直到他们睁开眼睛，朝我淡淡地瞥一眼，我才慌慌地，一低头，走开去了。我突然觉得，我是如此粗鲁，让人讨厌，以如此尖锐的视线，撕开他们不想让外人指点的斑驳的生活。

我想起在中关村一家电子产品店里，看到的另外一个男孩。大约也是18岁吧，看到我经过，很温柔地喊我"姐姐"，又将我引至店中，倒水给我。我看一眼店内不多的相机样品，知道这样的店，未必可靠，便打算转上一圈，找理由走人。转至一款佳能的新款相机前时，我问，能给我介绍一下这款的功能。他忽然就红了脸，低声地朝我道歉：对不起，姐姐，我，我是新来的，还不太懂，您先坐下等等，我们很专业的同事马上就过来为您讲解，好吗？

我看一眼这个头发还处在高中时代朴质时期，没有被这个城市染成五颜六色的男孩，有一丝的心软，想，要不要，留下来，看一看这款相机？但也就是片刻的犹豫，随即对于相机品质的追求，还是战胜了我的不多的同情心。我客气地向他道别,又撒谎说,有点事,一会再过来看看。他却是一下子被我弄慌了,低低地恳求我:姐姐,再坐一会,就一会,好吗?我们店里肯定有您喜欢的相机,即便是没有,也可以为您去别家调货的。

我也低了头,不敢看他的眼睛,疾步走出店门,直奔走廊尽头的电梯而去。而他,却是不舍不弃地,跟在我的后面,一声声地,喊我姐姐。他的恳请,不是别家店里,那种近乎地痞似的大声喊叫与拦截,他只是这样喊着你"姐姐",悄无声息地跟着你。像路边的一个小猫,或者小狗。

电梯终于开了,我快速地钻进去,门关上的那一刻,我看见站在门外的他,一脸的忧伤与失落,为没有将我这样一个潜在的顾客,挽留住。我看着电梯数字不断地变换,突然地心中浮起一丝的难过,我想起自己在外地打工的弟弟,是不是,他也曾这样苦苦地求过一个顾客?是不是,他的第一次与人交往,也曾想过以真诚而不是痞气,换来他们的好感?当他走在不属于他的城市里,有没有过与这个男孩一样,被人冷落的感伤?

忆起在北京的798艺术区,看到过的一只纯种的波斯猫,很瘦,是被某个有钱的主人,给遗弃了的。我不知道它究竟悄无声息地,在我身后,跟了有多久。我只知道,当我无意中回头,看到它在冰冷的傍晚,被风吹起的脏兮兮的毛发,突然间就心内涌起无法抑制的悲伤。它曾经被人类无情地抛弃,可是,它还是因为昔日受到的一点好,而记得人的怀抱,并执拗地跟着我,渴盼我能将它领回家去。

我终究没有将这只流浪猫,抱回去。我只是从路边的小店里,买了一瓶酸奶,放在它的面前。它温顺地看我一眼,而后低头去喝酸奶，每喝几口，它就会停下来，蹭一蹭我的鞋子。它显然是饿极了，最终埋头像个婴儿一样，香甜地啜饮着。而我，它寄希望于能将它收养的人类，就在它低头的时候，悄悄走开了。

我一直没有回头，但我却知道，背后，是一双忧伤的眼睛，在一直一直望着我冷硬的脊背，不肯低头再喝那瓶酸奶。

这个城市的阳光，日日普照，它分给我们每一个人，一样的温度与热量。可是，当我走在路上，看见那些卑微的生命，看见他们在阳光下为了一份工作，一个角色，一杯牛奶，而向另外的生命，乞求的时候，我总是希望，阳光，会偏心一点，再偏心一点，一直到有足够的温暖，将它们同样具有尊严的生命，温柔地环住。

就像，一双母亲的手臂，环住柔弱女儿的肩膀。

与你偶遇在孤单的旅程

因为工作与学习的原因,每个月,我都会在北京和J城之间往返辗转。在路上,成为我生活的另一种常态。我已经习惯了坐在摇摇晃晃的K45次列车上,打开电脑,塞上耳机看电影,或者,将歌声放到最大,直至湮没了周围的喧嚣。而我的心,则随了寂寞的歌声,飞到窗外的旷野里去。很多时候,我就是这样,明明在嘈杂的人群中,却刻意地将自己封闭在壳里,并常常将这壳中的世界,看作朗朗的乾坤,并以为,除此之外,便都是如火车穿越轨道一样,单调乏味的声响。

我一度将这样的旅程,当作一种负累,如果了无歌声,我几乎不知道该如何在拥挤的人群里,挨过漫长的6个小时的车程。从晨起奔赴车站,这一天的时间,几乎都交付了这一段旅程;而它,除了耗掉我的宝贵的时间,却什么都没有给我。

是的，我一直想要从这样频繁的旅程中，索取到什么。直到有一天，我不经意间回头，发现，原来最璀璨的那片花儿，一直在自己身边，而我，却是费尽心机地，想要借助外力，远远地逃开去。

是先遇到了那群新兵。他们背着统一的军绿色的背包，在一个老兵的带领下，一路小跑，从车站入口处齐刷刷地站到检票口前。我当时正随了人群，漫不经心地朝前走着，不经意间向左扭头，恰与一个一脸稚气的小兵对视。他好奇地足足看了我有一分钟，才微笑着将头扭向检票口。他在看我什么呢，胸前名牌大学的校徽，散漫不经的视线，细细长长的耳机？抑或，我的存在本身，于他，便是一种值得观望的风景？

那是我第一次亲历新兵的入伍。他们从四面八方的小城里聚拢来，彼此陌生，不知道新的队伍，驻扎在何处，亦不知道，谁会与自己坐在一起，谁又会成为生死与共的战友。一切在他们的心里，都是远方地平线上的风景，那样的遥远，又如此地迷人。从离开父母亲朋的那一刻，他们的心，便随了旅程，一起上路。正是18岁的少年，一切都是新鲜，一切都是惶恐，步步都是未知的风景。而旅程中的一切，不仅仅是作为旅程，更为重要的，是作为一种印迹，嵌入了他们的青春；就像，沙子嵌入贝壳。疼痛，却也必会在日后，有闪烁的光华。

待那群素朴的新兵经过，我跟着人群，挤上火车，在忙乱中，终于找到自己的位置，安顿下自己的行李，一抬头，看到一个女孩子，正站在车窗外，努力地比画着什么。而我对面一个面容平凡衣着粗糙的女孩，则时而抬头视线躲闪地看向窗外，时而低头摘着劣质羽绒服上，飞出的毛毛，或者衣角袖口处，新起的难堪的毛球。

这是一个内向的女孩,看她臃肿的行李,便知道她定是在北京的某个地方,打工,但不知为何,无功而返。而那送她的女孩,衣着干净,脸上又有刻意描画的妆容。这是一场两个女孩间的告别。我猜测两个女孩子或许从同一个偏远的山村走出来,只是在竞争激烈的北京,她们昔日的那份真情,与她们之间悄无声息的改变一起,有了变化。其中的一个,在北京如一尾鱼,尽管也觉得渺茫无依,但却有从沟渠到大海的快乐与欢欣;而另一个,终因无法适应北京残酷的节奏,像一块多余的赘肉,被飞速行走的城市毫不留情地抛开去。

而这样的分别,当是尴尬又冰凉的。就像,窗外干冷的空气,人走在其中,觉得了无依靠,清冷孤单。而就在我为这被北京丢下的女孩,觉得凄凉的时候,窗外的女孩,突然开始用力地在车窗上哈气;待其上有了一层朦胧的水汽,她开始快速地在玻璃上写道:到家后给我电话,注意安全,路上小心。女孩的字,写得有些稚嫩,但还是看得出,其中的每一个,都是她用了心的。她将那些无言的不舍、牵挂、想念、怜惜,全都融汇到这句很快在冷风里消散的字里。她就这样飞速地写着,哈着,而后又写,又重新哈气。她告诉车内拘谨的女孩,要照顾好自己,有事给她打电话,也要记得代她向阿姨问好。对面的女孩,努力地辨识着玻璃上反着的字,又在每一行字逝去的时候,眼圈,红了又红。隔着窗户,她始终没有开口说一句话,哪怕,一句谢谢。她只是用手势,比画着,告诉外面的女孩,不必送了,走吧。

当火车终于在20分钟后,启程的时候,女孩又追着火车,跑了一程,但很快,她和那些没有说出的话,一起,被远远抛在了后面。而就在此刻,我抬头看对面的女孩,她的眼泪,在我毫无遮掩的注视下，哗一下流出来。

而这段旅程，我想给予她的，当是比在北京漂泊的时日，还要长久，深刻，且再也难以忘记。

那一次北京到J城的旅途，我依然记得清晰，整个的车厢，被返乡的民工，挤得了无空隙；推车卖福州鱼丸的服务员，需要花费许久，才能艰难地走出一节车厢；而那些民工，因了有同伴的陪同，言语，便像炸开的烟花，有肆无忌惮的喧哗，在半空里拥挤。我的耳朵，被那些听不懂的方言，充斥着，直至有被连根拔起的苦痛。

那当然不是一次愉悦的旅程，窗外萧瑟寂寥，车内则是混杂喧嚣。而我，却很奇怪地，从始至终，都心怀感恩。

其实生命中那些长长短短的旅程，寂寞也罢，喧哗也好，其中的每一段，都值得我们用力地感激，且深深地铭记。

那么短的一程人生，走过已属幸运，而能够在旅程之外，看到爱与青春的影子，像窗外飞快退去的树木，一闪而过的溪流，沉默走远的山岚，谁又能说，这不是生命刻意安置的另一种偶遇？

行在我生命左侧的旅者

在北京,我总是迷路,站在川流不息的天桥下,常常就丢了来时和要去的路。很多时候,我甚至不如那些骑了自行车,在一条条胡同间,自如穿梭的异国旅者;他们的汉语,说到字正腔圆,而对于让我头晕眼花的地图,翻看起来,更是有指点江山的豪迈气概。

那次又是如此,要去法国文化中心看一个关于波伏瓦的纪录片,出了地铁,便被呼啸而来的高楼大厦,给硬生生夺去了仅存的方向感。百度Google来的地址上,写着向东百米,再左拐至一个胡同,行上百米,沿街的古朴小楼便是所在。可是,看看在头顶正上方悬着的太阳,还有那些飞驰的汽车,行色匆匆的路人,对北京同样茫然的外地打工者,心底鼓足的那点勇气,轻烟一样,愈来愈淡。

就在我问过十几个人,都无法得到答案的时候,一个骑山地车的法国摄影师闯入我的视野,他正单脚跨在车上,全神贯注地拍摄马路对面一角古寺掩映下的飞檐。而茫然四顾的我,恰好挡住了他的一小片镜头。他走过来,用英语,微笑着问我能否避让一下。我说声抱歉,勉强从焦灼的唇边,挤出一丝微笑,转身要走。他却又突然叫住了我,问,是否,需要他的帮助?

没开口,却在他的这句问话里,先自笑了。他人聪明,很快猜出我是迷了路,从大大的背包里拿出一本详细的地图册,而后得意朝我一扬,意思是:说吧,想去哪儿,包管都在这里。

我半信半疑地说出法国文化中心的名字,他即刻自信满满地朝东一指,说,百米,第一个十字路口处到唯一的胡同口,会看到一座标志性建筑,建筑的对面,就是我所要寻找的地方。

果然在他的指点下,成功抵达目的地,而且,赶上了刚刚开场的精彩电影。看完的时候,买了一杯咖啡,在安静的图书室一角,边细细品着,边翻一本法语的画书。翻至中途,无意中抬头,看见对面的桌上,十指在键盘上飞扬的,竟是为我指路的法国摄影师。恰好,他也抬头,看到了我,彼此相视一笑,他又低头忙碌。

走的时候,我经过他的桌旁,道声再见,像熟识很久的朋友,他也温暖地笑笑,幽默回说,下次再走丢了,记得找街头骑车的法国帅哥。

又想起在北京电影学院的咖啡厅里,与一个同样蹭课失败的美国女子,愉快相聊的午后。她在北京行走了六年,辗转各个中心,做文化交流的使者。只是因为即将到来的婚期,要结束在中国的旅行。那个秋日的午后,我们坐在可以看得见明净天空的窗边,毫无隐藏地,谈起彼此的爱情。她原本是一个坚定的独身主义者,遇到许多向她示爱的男人,都不曾有过心动;她以为这一生,就会这样在中国度过，不孤单，但也在充实之外，有一丝无法排解的落寞。是在北京的一次画展上，与未婚夫视线相遇，并在那个瞬间，认定，彼此就是要相守一生的那个爱人。已近不惑之年的她，第一次被一份爱情，强烈地吸引，且愿意为此，牺牲热爱的事业。

她说这些的时候，眼睛，始终看着窗外那株高大的皂荚树，湖蓝色的眸子里，溢满了深情与思念。那个她爱的人，只是一个普通的工程师，住租来的房子，自己DIY所有的家具，用被我们中国人，淘汰的老式相机和家电，房前的篱笆上，用歪歪扭扭的汉字写着：迎娶我可爱的新娘，灵。灵是她的中文名字，而"心有灵犀"，则是她最爱的一个成语。她说中国信奉"心诚则灵"，而她，定是因为此生的修行够了，才遇到了她的爱人。

那是一个无比愉悦的午后，我至今依然清晰地记得，当我们打开扉，了无隔阂，我曾经迷惘的爱情，被这个异国的女子指引着，穿越了一路的花香，和皂荚树的阴凉，终于找到了归去的路。

而那个在街头只因为我笑看一眼，便执意追上我，介绍自己名姓的南非留学生；还有长城上与我彼此鼓励努力向上攀爬的丹麦画家，热情为我在电影学院做蹭课指南的巴西女孩；在798艺术中心为一幅画的艺术理念，而与我相聊许久的英国妇人；看话剧时因为遮挡了我的视线，而坚持与我换位的澳洲剧作家，他们行在我生命的左侧，本应像那过眼烟云，一阵风来，便了无印痕，可是，当我行走愈远，他们的影像，却在我心灵的屏幕上，愈加地清晰。

他们叫什么名字，我皆已经忘记，但我却深深记得，他们在北京的街头，擦肩而过时，给予过我的，清澈澄明的微笑。

女孩子的花

校园里有一个花店，很小，只有一个员工，是个20岁的女孩子，我没有问过她的名字，但我喜欢叫她叶子，因为每每在窗外瞥见，她总是隐在一丛丛馥郁的花里，白的，蓝的，粉的，紫的，而她，则似那翩翩一叶，风吹过的时候，温柔地抚着每一片花瓣。

叶子是那种素朴到无人会去关注的女孩。有人买花，进门，总是先四下张望片刻，才会在绚烂的花丛里，瞥见她瘦瘦的背影。来者大多是男孩，为了爱情，买花送给暗恋的女孩。所以他们的视线，从来不会落在朴质的叶子身上。他们常常催促说，可以快点吗，我的女孩在等着呢。叶子总是羞涩地抬头看男孩一眼，抿嘴一笑，轻声道：快了花儿会疼呢。男孩子们大约是不会认真听她的这句梦呓似的话，即便是听到了，也了无反应。他们只想急匆匆地付了钱，抱着花儿追赶爱情的飞鸟，至于这个小店里，一个女孩子怜惜的一句"花儿会疼"，于他们，不过是浮光掠影，过后即忘。

但叶子并不会计较他们的粗心，她在包完花后，总会温柔地笑着看他们离去，似乎，那花，从她的手中传递出去，便带了她的祝福和温度。她倚在碧绿的橱窗前，用手托着腮，看着那捧了大束玫瑰远去的男孩，唇角总会不由自主地微微上翘，笑了出来。我曾经问过她，究竟在笑什么呢？叶子总是红了脸，慌乱地去寻事做。但我还是猜出了叶子的心思，她只是，暂时地将自己想象成那收到玫瑰的女孩，并因这样的想象，而愈加地热爱身边的每一朵花。

叶子最喜欢的，是幸福草，蓬生的一盆，在角落里，并不显眼，很少有人会注意到这样寂静不张扬的花，甚至它的橘黄色的小花朵，不仔细，几乎会忽略掉。这种花，并不好卖，老板大批地运来玫瑰、百合，唯独对盆栽的幸福草，极少关注。每次总是那么几盆，孤零零地，在花架上，有顾客来，视线瞥到，连一秒钟，都不会停留。

但叶子却将幸福草，视作珍宝。她说这种无须精心照料，便能活出一片喜悦天地来的花，像极了她自己。两年前她从安徽一个贫穷的山村里，来到北京，因为没有读过大学，工作四处碰壁，最终，是这家花店的老板，看她做事稳妥，这才收留。薪水当然是不高，除去吃饭租房，每月她只能攒下很少的一点，寄回家去。但就是这样一份没有多少人喜欢做的工作，叶子却是做得有声有色。花店的玻璃橱窗，总是被她擦得纤尘不染，路过的人，几乎可以看得到她劳碌时，额前沁着的细密的汗珠。我问她这样日复一日地为别人送花，有没有累的时候？她便反问我说：天天都可以闻到花香，看到花朵绽放，有谁会累呢？

我的确不曾见过叶子有过疲惫,她永远都是花店里最精力充沛的那一株"幸福草",小声哼着歌儿,是S.H.E的曲子,脚步轻盈地在一盆盆花之间穿梭来往,如果穿了裙子,她会小心翼翼地提起裙裾,似乎,怕碰疼了那些娇羞吐蕊的花瓣。常有顾客,在花丛间走来走去,将文竹的叶子,或者小小的雏菊,碰得哗啦啦响。每每此时,叶子总是心疼地恳求顾客,让他们轻一点,再轻一点。

叶子说,每一朵花,都是有生命的。白掌似一叶航行的帆船,绿萝总是在梦里泼墨似的将绿意倾泻而下,夕雾草是一往情深的女孩,跳舞兰是轻盈活泼的一泓泉水,尤加利永远活在蓝色的记忆里,三色堇是沉思的诗人,山茶花则是春天热烈奔放的女子……而幸福草呢,则是一个女孩子温柔的头发,埋进头去深深嗅一下,有茉莉的浅香,让人沉迷流连。

我终于明白为何身边学电影的朋友,不管是拍摄纪录片还是剧情片,总会来这个花屋里取景。他们喜欢的,不只是这里美丽的花草,而是侍弄这些花草的主人,她站在其中,就像那一蓬蓬的幸福草,不说一个字,却用一抹纯净的注视和微笑,将世俗的一切嘈杂烦乱,悄无声息地,涤荡掉。

而这样快乐单纯的一盆幸福草,我愿意,将它看作是属于女孩子的花。

路过有温度的城市

路过许多个城市。仅仅是路过。

我记得在A城，下车后迷了路，一个人提着大大的箱子，却不知道于车水马龙之中，该迈向何处。那是我第一次去一个遥远的城市旅行，在网上订好了青年旅社的房间，却在出了车站，便找不着北。

那时的我，不过是18岁，遇人羞涩，拘谨，常常未开口，便先自红了脸，忘记了想要找寻的答案。我捏着一张皱巴巴的地图，站在公交站牌下，鼓足了勇气，朝一个看上去还算面善的女子走过去。当我将要去居住的旅社的名字说出后，便低下头，等着女子冷漠的回答"抱歉"。可是，我等了足足有一分钟，却没有换来任何的回复。我慌乱地抬起头，看见女子依然一副旁若无人的样子，站在队伍中，等着公交开过来。

我以为女子没有听到我的问话，便提高了声音，谦卑地重复了一遍自己的问题。这一次，女子终于回转过身，朝我看过来。我眼里的温度，那一瞬间，几乎可以将自己融化掉。可是，她却只是看看，不带一丝的表情，然后便装作什么也没有发生过，继续等待自己的行程。

我终于在女子毫不留情地穿越重重障碍，挤上紧急刹车的公交后，彻底地失望。我站在A城初春的凉风里，觉得那冷，像某一种菌类，迅速地繁衍，膨胀，直到最后，将我吞噬。

也就在这时，身后有人拍拍我的肩膀，说，嗨，小姑娘，你刚才所问的青年旅社，我正好路过，要不，我们拼车吧。我回头，看见一个壮硕的男人，微微笑看着我。想起报纸上报道过的那些案例，我竟是紧张地立刻提箱朝前走了两步。男人在我的恐慌中，突然间笑了，露出整齐的牙齿：傻丫头，怕我吃了你不成？不过是顺路，想要找个人平摊路费，省点钱罢了。

我终于放松了警惕，表情柔和下来，答应与他同行。我记得一路上他一直在大笑，偶尔会问我几个问题，但大部分时间里，是他一个人在讲；这个城市的种种，在他溪水般哗哗流淌的讲述中，像那蓝天上清晰倒映的枝干，刻入我的生命。

下车的时候，他却很固执地拒绝了我所应分担的一半车费，而且，因为我的坚持，近乎不耐烦地催促我赶紧下车走人，因为他要去赶时间上班。当我提了箱子，下车的时候，他还在与司机侃着当日的小报新闻，眼睛，在后视镜里，连看都没有看我一眼。

等到穿越天桥，我在马路边上，停下来，买了一份当日的报纸，一扭头，看见一辆出租，从身旁经过。那辆出租车里，竟坐着那个与我同行了一路的男人。我看见他将手放在窗户上，做了一个可爱的致意的动作。那个瞬间，我看着逆着我们来时的路而行的出租，还有日渐模糊的男人的身影，突然间就对这个陌生的城市，充满了无限的感激。

后来，我再也没有去过A城，但我却不断地在报纸上，电视中，网络里，看到A城的名字，以及与之相关的新闻，甚至娱乐八卦。我总是能够在铺天盖地的消息里，敏锐地捕捉到A城的气息，那种清新的，温情的，湿润的感觉，吸引着我，为之驻足，流连，并将与A城擦肩的过往，像一头陷入回忆的老牛般，不断地反刍，反刍。

甚至有一天，当我在路边广场上很大的屏幕前，无意中看到A城久远的车站时，我竟是站在日渐纷繁的雨中，惆怅地将那则有些干涩枯燥的新闻，细细地品完。

也就是那样的时刻，我知道A城已经刻入我的生命，成为众多清晰纹路中的一条，昭示着我日后的行程。

此后我又去过许多个城市，路过，或者短暂地停留，然后离开，奔赴新的地方。我常常忘记那些城市里知名的旅游胜地，忘记被过度渲染的名吃或者名人，忘记它曾经代表的某种荣耀的象征，但是，我却总是在孤单的行走之中，想起那些结实地将我簇拥过的路人，想起那一抹微笑的动人，一句言语的柔软，或者，是一个掌心的温度。

而这样的想念，才是一个城市，于一个路人，最真实的所在。

亦是如此的贴近，让我不断地路过许多个城市，但却，不仅仅只是路过。

再也不能将你忘记

她记得第一次注意到他,是在一次下班的路上。

那时她刚刚抵达这个城市,没有朋友,亦没有爱情,常会无缘无故地就觉得感伤,甚至忙碌的工作,都无法将这种孤单消除掉。只有每日经过那片工地,看见那些远离家乡的民工,在拥挤的帐篷里,闷头扒着碗里没有多少油水的饭菜,或者顶着烈日,在高高的脚手架上挥汗如雨,她心底的落寞,才会略略地减轻,知道有人活得比她还要艰难且寂寞。

那日她下班晚,经过时他们也已经收工,正三五一群地在路边的小摊上,要几个清炒的小菜,一大杯生啤,边说着闲话,边看来往神情淡漠的路人。他们的脸上,也有长久工作后的疲惫,偶尔瞥见远处高楼里次第亮起的灯火,还会生出点滴的惆怅和失落。而她,就是在那时,注意到了他。

当时她正心身俱疲地下了公交，沿街往租住的阁楼走。不知为何，一向畅通的路段，突然堵了车。路上很快便涌满了焦躁不安的汽车，司机们用鸣笛或者咒骂的方式，发泄着心底的愤恨。她在迅速污浊嘈杂的马路边上，一边抱怨这个城市混乱的交通，一边掩鼻飞快地走着。然后，她便听到半空里有熟悉的方言兴奋地响起：好壮观啊！循声看过去，便瞥见一个20岁左右戴着安全帽的年轻人，正站在5层楼的脚手架上，向那长龙似的车队，挥手高声叫嚷着。她看不见他的眼睛，但在微亮的灯光里，却朦胧看清了他神情里的欣喜和欢愉。让城市人厌恶至极的堵车，在他的眼里，反而成了奇观，成了值得欣赏的风景。快乐于他，来得如此简单，这是被工作与竞争，折磨得心力交瘁的她，从没有想到过的。

她就是从那时，开始关注这个笑容与神情，还没有被飞扬的粉尘蒙蔽的大男孩。偶尔，他们的视线会彼此相遇，他绽放给她一个温暖的微笑，她则唇角微微上扬，算是回应。如果不是那次听到了他的乡音，她无论如何都不会回应他带了好奇和仰慕的视线的。或许她会像许多人一样，给他一个白眼，或者愤愤骂一句，就匆匆走开了。因为，从始至终，除了相似的乡音，她与他，实在是连点头之交都算不上的。

她一直以为，生活会这样悄无声息地走下去；她与他，既无交集，也无言语，大楼盖完了，他便会随了工地转移阵地，此后漫长的一生，都没有再相遇的机会。但一场暴雨，却让她在电闪雷鸣中，看清了这个从没有过交谈的同乡。

那是这个城市30年来罕见的一场暴雨。低洼的地势，让这个山城，在短短一个小时的降雨后，就积聚了齐腰深的大水。她当时刚刚下了公交，雨势猛然增至最大，而那一路段，恰恰是整个城市的最低点。她下车后不过是走了几步，便被凶猛而来的雨水吓飞了魂魄。她在恐惧中，本能地想要抓住什么东西，可是昔日并不宽阔的马路，此刻突然间变得阔大无比，不过是几步之遥的一棵小树，因了汹涌的大水，却像是千里之外一株无助又苍茫的稻草。她一点一点地向前挪移，眼看就要触到了一块广告牌，却不想，一个大浪袭来，将巨大的广告牌恶狠狠地卷起，而一旁的她，被一角扫过，一个趔趄，倒了下去。

一切，都只是发生在瞬间。她连想一下的时间都没有，便被卷入了巨浪之中。似乎只是一秒，似乎过了好多年，她被一只有力的大手，拦腰抱住。昏迷中，她觉得自己正靠在一个男人的胸前，那样结实的臂膀，那样平稳的心跳，让她再不必惧怕。她只需跟着这个男人，向前，向前，一直抵达安全的最高处。

她清醒过来时，发现自己正靠在一家店铺的台阶上，雨水，依然以不可遏止的速度，疯狂地涨着。水面上漂满了木板、垃圾，甚至有自行车一闪而过，而一辆小型的"迷你"轿车，竟是被一个漩涡，瞬间卷了下去。她心内的惊惧，像千万匹脱缰的野马，冲破栅栏。而她，就在这时，看到了他。他像鱼一样，一次次潜入水底，将被暴雨卷走的路人，一个个抱起，而后用一只臂膀，划向她倚靠的高地。一个，两个，三个，四个……到第六个的时候，他终于大口地喘着气，虚弱地蹲在了台阶上。此时，民警已经赶来，快速组织周围的路人安全撤退。暴雨，也开始渐渐减小，路上的水，打着漩，流向不远处的护城河。

她扭转过头，想要向他说声谢谢，但他早已起身，朝对面的工地游去。她站起来,朝他喊:小心点。他回头,冲她笑,而后一个猛子扎下去,不过是几秒钟,便抵达了对岸。她看见他回头,朝这边被他救起的人挥着手,又骄傲地喊过来:放心啦,我从小在长江边上,水性好得很呢!那一刻,泪水悄无声息地,就迷蒙了她的双眼,她第一次,被一个萍水相逢的人,弄哭了。

这场暴雨之后,不知为何,对面的工地上,换了新一批工人。她还没有来得及问他的姓名,向他说声谢谢,或者请他吃一顿饭,他就从她的视野里,彻底地消失掉了。她与他,在这个城市里,此后连彼此对视一眼的机会,也不再有。

几天后的报纸上,登出此次暴雨中,英勇救人的市民。满满的一个版面,她一个个地找一个救了6个路人的英雄。可是,没有。对于她所处的路段,报道的,只有一个将人从汽车下救出的民警。

她一直为此难过。是过了许久,她才明白,"市民英雄"里,怎么会有他呢,他不过是这个城市匆匆的过客。

可是,总有一些微笑,或者背影,会被长久地记着。就像,她再也不能将他忘记。

当秘密与秘密温柔相遇

她读大学那一年,父亲不幸在一场车祸中身亡。原本生活无忧、衣衫鲜亮的她,一下子落入困窘的境地。为了减轻母亲的压力,凭着自己对于衣饰搭配的敏锐,她很快在一家叫"浪漫经典"的摄影馆,找到一份服装师的工作。她爱极了这份工作,不只因为可以解决自己的生活费用,而且,还可以离喜欢的时尚衣服,那么近,近到能够一寸寸地抚摸它们柔软的肌肤,赏阅它们精美的设计,甚至,在无人的时候,偷偷地一件件试穿它们。是的,她从没有对外人说起,这是她之所以选择服装部的根本原因,她用这样隐秘的方式,继续自己绚丽衣衫的梦想。

常常,她都是第一个来到公司。将整个服装部打扫干净之后,她最喜欢的,便是将那些衣服一件件地重新组合,变幻出多样的风格,而后,站在明亮的镜子前,在自己身上试穿。如果时间来得及，她还会很快地编出一种与之相配的发型来。每每看见镜中的自己，又与昔日一样有着迷人的衣裙和发饰，她的唇角，总是会微微地上翘，露出连自己都有些陌生了的微笑。

这是一个秘密，整个公司，没有一个人知道。大家都只听说服装部有一个很敬业的女孩，对每一套服饰的搭配风格，都了如指掌，甚至化妆部一时改变了顾客头上一朵花的位置，她也能立刻为之找出最恰如其分的衣服。但也只是这些，关于她为何如此痴迷衣衫，为何加班到很晚都毫无怨言，为何在为顾客选衣时，细微到连脚链的颜色都要执拗地坚持，则从没有人关心过。公司里基本都是长期工作的女孩，像她一样业余打工的学生，几乎没有；所以不管她怎样地敬业，与其他同事之间，依然是隔了一层。尤其，是那个叫森的孤傲自负的摄影师。

森有所有摄影师都有的长长的头发，工作时热烈如火的激情，拍摄过后即刻冰一样的淡漠，别人热闹的时候他最安静，而别人沉默的时候他则频频有惊人的举止。她从来都没有喜欢过森，尽管对他拍摄的照片，喜爱至极，并常常幻想着自己可以站到他的镜头前面，在他温柔或者魅惑的引导下，上演一场华美绚烂的影戏。但这也只是幻想罢了，即便是只拍摄简单的一个系列，也要不菲的费用，这于她，当然是个奢侈的幻想。

她从没有与森主动说过话，森亦没有。两个人在这个公司，几乎算得上最勤奋的员工，彼此忙碌到连招呼都没有一句，更不必说坐下来，闲谈几句。很多时候，她与森，像两条路上互不相干的人，遥遥地看见了，连点头都没有，就走过去了。

但却有一次，她正微闭了门，在阳光充裕的落地窗前，对了镜子，试穿一套刚刚购进的"天使系列"的白色衣裙。当她戴上五彩的花环，光了脚丫，轻轻走到镜子前，看见那个几乎不认识了的自己，她真的以为自己就是梦中的天使，那样的美，她连梦，都没有梦见过。她微闭起双眼，幻想着自己生出了洁白的翼翅，在湛蓝的天空下自由地飞翔，每一个姿势，都有相机，跟着记下，而自己柔软轻盈的青春，就这样一一留下印痕。

就在她睁开眼睛的时候，镜中闪过一个人影。她慌乱地转身要去换衣，不想，却与森碰了个满怀。有那么一刻，森的眼睛，犹如一片蓝色的湖水，深邃，温柔，静寂；但随即，这抹蓝色便消失殆尽，森又回复昔日的淡漠，冷冷丢给她一句：将今天需要拍摄的"裹衣系列"，全部准备好。而她脸上的红，就在这句话里，哒哒地一路燃烧着，传到裸露的趾尖。

几日后，公司要为新买来的几个系列的衣服，找模特拍摄样片。不过是一个女孩的角色，就有上百人来应聘。她站在柜台里，看着外面涌动的青春的面孔，心底，突然有一丝丝的难过。她想如果没有那场车祸，她应该也是其中的一个应聘者吧，或许凭借自己姣好的面容，和对镜头从容不迫的把握，她会轻而易举地便拿下这份工作。

但也只是这样想想，知道一切都只是虚幻，便依然安心地工作。但当天的晚上，她要下班的时候，店长却将她叫住，说：公司为了节省开支，同时有更真实的广告效果，决定选本公司的人来做模特，经过考虑，最终公司定下了你。她吃惊地看着店长，很长时间都没有说话，是店长再一次问她，可以吗，她才反应过来，手足无措地一遍遍询问店长，真的么，真的定下我了么？

当她最终站在摄影棚里，拍摄那一套天使系列样片的时候，她才说服自己，一切，都是真的。那真是她一生中，最美丽的记忆。她站在森的面前，在他炽热的语言引导下，编织着那个向往了那么久的影像之梦。而暗处的森，则在那个午后，迸射出她从没有见过的激情。以至，她有一刹那的恍惚，想这所有的一切，都是为了这个暗处妖娆的午后，而蓬勃生出的吧。

那套样片，后来果真成为摄影馆最引以为傲的作品。许多爱美的女孩，在路过店前巨幅的广告，看见那样纯美的梦幻影像时，都义无反顾地迈进店里。而她，也因此被一家广告公司以丰厚的薪水聘去，做长期的合作模特。她最惶恐无助的一段青春，终于到此，戛然而止。

是许多年后，她才从照片上自己清澈的眼睛里，发现了那个秘密。她纯净的双眸中，捧着相机的森，那样专注地注视着自己，就像，注视着一块需要用最温柔细致的爱，精心呵护的玉石。她一直以为，所有的改变，都与森无关，是她自己，一步步走过了这段黯然的青春。可是，却是自己的眼睛，将整个的秘密，揭晓给她。

当她痴爱衣衫的秘密，被森遇见，他则用最了无痕迹的方式，伸手将那样粲然的青春，送到她的身边。而当一个秘密，与另一个秘密相遇，一程晦暗孤单的岁月，便被陌生的关爱，悄无声息地照亮。

幸福无声

那是一段寂寞单调到无以复加的岁月。我瞒了所有的人,包括父母,跑到早已物是人非的大学里,为了两个半月后就呼啸而来的考研,破釜沉舟,背水一战。

每天的生活都是模子里倒出来的。学习,吃饭,睡觉,小心翼翼地对一个屋檐底下住着的研究生们赔着笑脸。机器人一样从食堂师傅手里接过同考研书般面目可憎的饭菜,囫囵吞枣地咽下去。也总会在十点半被自习室管理员赶出来的晚上,经过校门口,闻到勾魂摄魄的香味,会下意识地抬抬眼皮,看一眼远离了自己的热气腾腾的人间——那里有幸福的情侣,捧了硕大的烤地瓜,在寒风里轻声耳语。每一个小吃摊上都亮着灯,可惜,我寻不到为我而燃的那一盏。那时候我的大脑像台刻度极其精确的钟表,几乎能清晰地算出自己会在第几秒坐上电梯,而后,盯着电梯上的数字变成8的时候,木木地伸手按下stop,赶往那个唯我独有的"专座"。

总感觉那段日子,好像全校的人都在考研。每一个流动教室里都挤满了人。去得再早,即便空无一人的教室桌面上仍摆满了充当"代理人"的报纸、书籍,甚至一块抹布、一卷卫生纸。后来时间长了,我总结出一条规律,只要坐在一个很"卡哇伊"的女孩对面,不管我桌上的那本"代理人"多么雍容华贵、富丽堂皇,总不会有人理直气壮地冲我说:同学,这是我的座,请让一让!这个发现让我欣喜若狂。冥冥中觉得是命运在照顾我,给我微小却实惠的关爱,就像身边这个活得另类、别致又卡通的"优雅女孩"。学得昏头昏脑、一个字都啃不下去的时候,抬头,装作不经意地瞥她一眼,心里总会浮起一丝丝的温暖、清新和快乐。像在荒漠里长途跋涉后发现了一缕炊烟,人间的气息浓郁得让人想哭。真的是从备受煎熬的地狱里探出头来,闻到真实得触手可摸的生活气息时,无法言说的兴奋和激动。女孩子永远是那么美丽、清纯、可人,在一堆被考研的战火烧得蓬头垢面的勇士们面前,像一条有金鱼优游自在畅游着的小溪,透明,清澈,离得还很远呢,就能感觉到她的清幽了。

我总怀疑她是来凑热闹的,否则,都火烧眉毛的时刻了,哪还能活得如此从容,恬静又优雅?可是她的很孩子气的大背包里装着的,的确是厚厚的考研资料;印有淡雅野花的洁净桌布上摆着的,也是英语政治冲刺之类的"法宝";就连那个画有樱桃小丸子的铅笔盒里,贴着的,也是一张制作得详细至极的复习计划表。总之,她和我一样,是浩浩荡荡考研大军中的一员。只是,她稍稍偏离了我们的轨道,忙碌之外,一如既往地过着诗意随性的生活;因此,不经意间，她也成了一道优美独特、赏心悦目的风景，一点点地冲淡着那种压抑憋闷的硝烟的气息。

我始终都没有和她说过一句话。甚至后来知道是她暗暗地在帮我占位，也只是心里默默地感激着她，来去的时候冲她微笑。如此而已。考研已把每个人折磨得成了只会背书写字做习题的机器，言语，在心心相通的考研族这儿，早已是多余。彼此的一个微笑，一个动作，一个眼神，已是足矣。

可是还是一直想在走下电梯的时候，冲着刚刚占完位，下楼去吃早饭的她，说一声"嗨，你好！"或是在她又换了一套阳光一样绚丽的衣服，让我的眼睛可以从书本里拔出来，在它身上栖息片刻的时候，诚挚地道一声"谢谢"。又或是在路上从不肯慢半拍走路的我，几乎碰着她的时候，轻轻地说一声"对不起"。

整整八十天的考研岁月，被我一秒一秒、精打细算地走了过来。最后一场考完，出了考场的时候，在拥挤的人群里，又看见了她。隔得不是很远，却只能看见她可爱的羊角辫，一蹦一跳地在肩头舞蹈，大大的背包几乎遮住了她柔和的后背。我挥了挥手，嘴唇费力地张着，嗓子里却是一个字也吐不出来。泪，哗哗地流出来。这场拼尽全身的力气来打的战争，终于，终于结束了。那个一直在人间烟火里陪我炼狱，化作风景让我心平气和地走下去的女孩子，却是一转身，再也寻不见了。

春天像那个优雅的女孩子，气定神闲地走来的时候，我的考研成绩，在光荣榜最显眼的位置上，熠熠闪光。那些书桌上刻满考研宣言的日子，在书摊上又纷纷冒出的"2006考研必胜法宝"的一摞摞书里，轻烟一样，淡去了。

那个大大的帆布背包，卡通模样的天蓝色水壶，开满白色野花的桌布，灵动非凡的双眸，还有，温暖我整个冬天的微笑——它们美丽的主人，究竟叫什么名字，在考研榜的哪个位置上冲我微笑，又什么时候，会在我心里，淡淡的关爱一样，不言自明？

花儿记得一路的温情

她那一年考到北京读研的时候,曾经有过犹豫,每年6千元的学费,让她这个失去父母一路靠减免学费读完大学的女孩,徘徊了许久。最终,强烈的求知欲望,让她决定贷款供自己再读三年。

班里总共十二个人,清一色地,全是女孩。每日读完书,一群女子最乐意做的,就是聚在一起,叽叽喳喳讨论时尚衣饰、明星运程、旅游名胜。她喜欢这群热情乐天的女孩,她亦喜欢安静地坐在她们旁边,听她们得意地挑着眉,胡吹神侃。她与她们,都是女孩,所以能相互懂得彼此,她从没有因为自己经济困窘,而自动地与她们这一群生活优越的女子,划清界限。而她们,也从没有因为她衣着素朴,而不屑与她聊起新款的阿迪耐克。许多人在校园里,看见这样一群携手招摇过市的女子,常常会惊叹:竟然还有如此心心相印的一群,简直像枝头的一簇花儿一样呢。连她们的导师,也称赞,说,带过的每一届学生,都因为大家忙于挣钱忙于恋爱,而让一个集体,如一盘散沙,甚至到最后一顿毕业晚宴,都无法聚齐;唯独这一届,全是任性爱臭美的小女子,偏偏站在一起,像一株白玉兰,大朵大朵的花绽放开来,便是一个粲然的春天。

但她还是在那一年的秋天里,偶尔感到了一丝想要逃避的凉意。她从一个小镇上来,大学,亦是在郊区读的,是到了北京,又恰好遇到了这样活泼的"驴友",才让她知道,城市,原都是像北京,有她无法想象的繁华。她从她们的口中,了解到全国各地许多好玩的去处,和诱人的小吃。她们怀揣着一股子诚挚的浪漫,决定在这三年里,将十二个人所处的城市,不仅逛遍,而且吃遍。这个决定一出来,她便有些默然,她不知道如何向她们解释,自己是到了北京,才真正接触到了城市,此前,她从来没有将钱,"浪费"在出行上。况且,每到一个城市,便由"东道主"负责一切旅游费用的豪爽策略,亦是她无法承受的。但她的确不想扫大家的兴,只好悄无声息地退到一边去,等着她们商量出最终的行程路线后,再找一个合适的理由,退出。

最终,她们决定抽签来确定三年的旅游线路。她依然记得那一个秋日的清晨,她与她们,坐在银杏飘香的窗前,等着班长,将十二张写有数字的纸条,团成一个个小小的球。她的脸上,除了微微的紧张,还有一丝丝的哀伤。她希望自己能够抽到最后一个,这样,她就可以用三年打工攒下的钱,请这样好的姐妹,逛一次自己的小城,尽管那个小城里没有高楼大厦,也没有长长的购物街,但那里有青山绿水,她可以带她们在小溪旁的绿地上,宿营,点起篝火,唱歌,或者笑成一团。可是,她更希望的,是自己在抽到后,能够找到一个不伤害彼此感情的理由，做这一梦想的旁观者。是的，她是宁愿做一个旁观者的，她并不抱怨命运，给她这窘迫又难堪的三年，她不想让人看到自己的伤口，但她会微笑着，为她们充满迷人芳香的旅程，点起祝福的火把，将她们过往的每一个小站，一一照亮。

班长将十二张纸条，郑重地放在桌子中间的时候，大家都不约而同地看向班长，等候她下令来抽。班长很酷地一伸手，指指坐在身旁的她，笑道，今天我这班长，为自己谋点私利，谁有幸挨在我右边，谁就先抽。她羞涩地低下头去，为自己的这一特权，微微红了脸。其余人则"嗷"一声取笑班长的自以为是，但笑过之后，则嚷嚷开：小妹，这次就给班长一个面子，你先抽吧。她看一眼眉飞色舞的班长，笑一声，便将手伸向桌子，又略一停顿，便拿起其中的一个。她刚一拿起，其余十一只手，便飞速地将纸团，全部捏起。她还没有打开，周围的人便高声嚷开了自己的顺序。班长则在一旁，飞快走笔，迅速记了下来。大家挤闹成一团，她是最后一个，将自己的号码，告诉班长的。事实上，不用告诉，班长也从记录里，毅然地断定，她定是最后一个了。

她的确幸运地成了最后一个。她想，三年的时间，足够她挣一笔路费，请她们去安静的小镇上玩。这，应该算是自己，回馈给她们这份姐妹情谊的最好的礼物了。

她跟着她们，在这三年里，去遍了许多个城市，上海，广州，厦门，西安，南京。每到一个女孩的家乡，她们的父母，总会尽最大的热情，来招待这一群手足情深的女孩。吃饭、住宿、车票，全都给她们免掉。她们所要做的，就是疯跑遍整个城市，且将它所有的特色之处，一一收进记忆的行囊。她们在南京，模仿红楼梦里的金陵十二钗，穿上古衣，拿一把小巧的檀木香扇，犹抱琵琶半遮面地，在古镇上留影纪念。路上的游人，看见她们可爱张扬的模样，皆会轻叹：多么年轻的一群，多么美的青春。她在这样的瞩目里，总会下意识地摸一摸口袋，那里，有她专门的一个卡，卡中，是她一点一点积攒的一笔钱，她知道，当毕业来临，她的钱，也就够了。

三年的时间，很快地过去。在这三年里，每一次的集体活动，她都会参加。每一次，她都没有为费用为难过，因为，她们有那么多的理由，找人买单。这群女孩，充分发挥着小女子的黏性，赖着自己的老师、学长、朋友、父母，请这"浩荡"的一群，吃饭、游玩，甚至买喜欢的纪念品。而她，则跟着她们一起，享受着作为小女子的特权。

终于轮到她来买单的最后一次旅行。她将攒好的2千元钱，点了又点，知道足够来回的路费，便微笑着给她们，发短信说，我们，去做最后一次旅行吧。那时的她们，正在为各自的工作，四处奔波，但为了这次驶向终点的出行，11个女子，皆从全国各地，聚拢了来。就在出发的前一天，导师突然打电话给她，说：你们可真是不讲义气的小女子，这最后一次出行，也不邀请我去。她呆愣片刻，随即愧疚，说，老师，如果您真能抽出空来，跟我们一起去，女孩子们都会高兴坏了呢。

那次出行，女孩子们轮番地拍导师的马屁，直拍得导师白她们一眼，嗔怒道，早知道你们心里的花花肠子了，放心吧，我会大方地把没花完的经费拿出来，赞助你们来回路费的。一群女子皆哗哗地鼓掌，说，我们替小妹谢谢老师哦。接着她们一脸羡慕地转向她，说，小妹，到了小镇，你可要好好做一桌家乡菜，感谢我们为你大力拍马哦。一车厢的人，皆笑趴下，而她，却在这样突如其来的幸福里，扭头，落下了眼泪。

是到了许多年后，她上网，看到一个同门师妹的博客，讲起她们声名远播的"金陵十二钗"，这才知道，她们为她，保守了一个怎样的秘密。那次抽签，所有的纸条上，都写着12。而每一次出行，大家其实都是自费。三年里，她们集体出游过11次，一起吃过无数次的饭，每一笔她需要付出的费用，都是这11个女孩子，自动地分担了。她们为了她的自尊，将每一次需要花钱的饭局、出行，都找了完美无缺的理由，让她如此安然地享受着作为女孩子的"特权"。甚至，在最忙的毕业前夕，她们集体去求导师，让他帮忙，给她最后一个免费出行的理由。

她们究竟为她，在三年里，编下多少个理由，买下多少次单，她都记不清了，但她却是知道，那朵永远不会绽放的秘密之花，会为她记得，这一世都不会凋零的温情。

人心的距离

人与人之间,有时候近在咫尺,却恍若隔着天涯。那永远无法相通的心,让我们在尘世中,艰难跋涉,却始终,无法抵达那对方的彼岸。

你曾经在火车上,遇到形形色色的人。他们坐在你的左侧,右侧,或者对面。你可以看得见对方鼻孔里伸出来的不雅的鼻毛,脸上粗大的毛孔,嘴里某颗被蛀虫噬坏了的牙齿,或者瞬间闪过的忧伤。可是你却不知道,他将去往的城市,究竟是故乡,还是异乡。不知道那里有没有一个人,在遥遥期盼着他的到来。不知道他是去奔赴一场爱情的约会,还是某个老友离开人世的送别仪式。

即便是你们有过交流,或许你与他,会不约而同地撒谎,将工作失意的自己,说成春风得意。你会与他夸夸其谈自己行业的美好前景,工资待遇,每年一次的酣畅旅行。你也会将不爱运动的自己，说成一个运动健将，并吹嘘自己篮球比赛投球的非凡记录。而对面的那人，也会不失时机地炫耀自己某一个很铁的哥们，以及自己在单位说一不二的威严，或者爹妈身边朋友的显赫势力。你们常常吹得天花乱坠，唾液星子喷到对方的脸上，鼻尖几乎擦着对方的额头。可是，等那火车抵达终点，你们出了车站，各自水珠一样融入茫茫人海，你们即刻将彼此忘记，再不想起。

你在工作上，也会有很多的人，每日打着交道。你与他们每日清晨准时在打卡机旁碰面，你对他们说"早上好"，又说今天要抓紧将剩下的活做完。你们在工作闲暇的时候，也会在单位楼下的咖啡店里坐着喝一杯咖啡，甚至像朋友一样聊上一会。可是你却不会对他袒露自己的心胸，你怕他会将之传播给每一个同事，或者上报到领导那里。他亦不会告诉你额头的那道伤疤，究竟源于哪一次事故。你们在阳光里，喝着醇香的咖啡，说着近日的国际新闻，或者明星绯闻，但却始终，不肯脱掉心的重重盔甲。

与你牵手的那个人，你们每日在一个饭桌上吃饭，有共同的孩子，或许已经同床共枕三十多年。可是，你却不知道她在下雨天的时候，喜欢站在阳台上慢慢饮一杯茶，并不是因为窗外雨点打在花丛里的声音，真的那么悦耳，而是她在这样的时刻，想起年少时的一段初恋，最初的开始，便是在这样安静的雨季。而她，也不懂得你在吵架的时候，突然间一言不发，不是因为你向她妥协，或者心内歉疚，而是你对这样鸡毛蒜皮的琐碎生活，产生了厌倦，连带地，觉得与她的争吵，真是无聊可笑。

那个你叫作父亲的人，你却可能见他的次数，还没有见家门口卖水果的小贩的次数多。他住在乡下，你则在省城。你也曾试图将他叫到身边，可是他常常住不到两个星期，便硬要回去。你不知道他只是喜欢走在土地上的踏实的感觉，城市里的柏油路面，夏日很烫，冬日又很冷，他在车水马龙里，每一次出门，都会迷失了方向。你以为他吵嚷着回家，真的是因为你的妻子冷落了他，或者儿子又被妻子教唆着向他要钱，买最新的电动玩具。或许你还会因此在心里生出怨恨，觉得从小到大，他都偏心于弟弟，现在你比弟弟出息了，却还不能获得他更多的爱。而他，或许也会觉得你在妻子的唠叨面前，所保持的沉默，是因为惧怕于她，就像当初结婚时，他惧怕你有权有势的岳父一样。等到他终于回到了乡下，你们彼此，除了每个星期例行公事般的电话，再也不能够敞开胸怀。甚至彼此的话，还要靠一个路过的同乡，给捎过去。

这样直到有一天，你突然觉得，有很多的话要对他说，于是你跪在他的面前，将过去种种的误解，哭诉给他。你说了很长很长的时间，你以为他会懂得，可是，他在墓碑上的那张脸，却威严着，始终不发一言。你们终于，被时光真正地隔在天涯海角。

也就是这时，你隔着一个墓碑，看清了人心之间，那段近在咫尺，却始终无法跨越的距离。

第四辑 什么也不说,就很好

它们站在天地之间,用最盛烈又最朴质的姿势,给每一次注视,以温暖的慰藉。城市的四季,就这样从它们手掌一样向上托起的枝干上滑过,犹如一叶轻舟,滑过江心的微波。而人的生命,也在与这些树木的对视中,穿过一重一重波澜起伏的春秋。

少女的唇彩

16岁那年,我在杂志上发表文章,有一个邻城的男孩写信给我,说,好喜欢你的文字。那是我第一次从一个异性那里,得到这样真诚的赞美。我的心,即刻像那娇羞的莲花,无限温柔下去。于是便开始书来信往的日子,把那心底最细腻的一份情思,悄无声息地写在纸上,附在美丽的邮票上,而后投进丁香树下绿色的邮筒里。那是最美好的一段年少时光吧,我的心里,充溢了欣悦和羞涩,少女的所有忧伤和欢喜,晦暗和明亮,第一次,在一个男孩子面前,花儿一样,带着初恋特有的甜蜜和清香,一瓣瓣绽放开来。

有一天,在信里,男孩子说,我们见面好吗,你来,或者我去。我握着信疯跑到操场高高的看台上去,而后再往下一步步走。我终于体会到那种眩晕的感觉了,它那么真实地环绕着我,就像那些云朵偎依着霞光,光芒让它们无处可逃,亦不想去逃。是路过一个楼梯口的镜子前时,我无意中一瞥,看到的,不仅是脸上少女的红晕,还有一个衣着素朴戴了眼镜的拙笨又毫无灵气的女生。那才是真正的我!一个除了写字,再无优点可以展露的女生。文字里的我,不过是梦里渴盼中的,那个有许多人来喜欢的完美女孩。可是,偏偏,除了妈妈,再无人说过我是美的。老师们总是说,你这样平凡的女孩,如果不好好学习,还能做什么呢?周围的女孩子也说,看安是一个多么平淡无奇的人啊,她连唱歌都是拙劣呢。

但还是在男孩一次又一次的请求里,回信给他,说,好,我坐车去你的城市。信寄出去的那一刻,我便开始搬出自己所有漂亮的衣服,一件件地用清水洗,祛除那些折叠的痕迹。我又取了自己积攒下的钱,去眼镜店,悄悄为自己配了隐形,店主是个温和的女人,她看着我额头新冒出的旺盛的痘痘,柔声说,你这么小,戴隐形对眼睛不好的。我低头不言语,只是哗哗倒出大堆的零钱,一个个数好了,转身便飞快跑掉了。回家后妈妈看着我洗好的衣服,揉揉我乱蓬蓬的头发,说,什么时候安这么勤快了呢。我闻着衣服上太阳的香味,突然地便笑了,我昂头冲妈妈撒娇,说,安真的变了吗?妈妈也笑,说是啊,安16岁了,比以前更可爱乖巧了呢。

是妈妈的这句话,让我一下子充满了喜悦和信心,我想起那件从没有勇气穿出去的蕾丝花边的公主裙,想起可以与之搭配的浅粉色凉鞋,还有能够将头发松松挽起的紫蓝色丝带。或许,它们会让那个丑小鸭,漂亮起来吧,我想。

就这样坐上了去邻城的汽车,躲在最角落里,掏出一面小镜子,将从妈妈梳妆台上偷偷拿来的一管口红,涂了又涂,擦了又擦。最后,是在镜子里,看到一双惊讶看过来的眼睛,才手足无措地将口红放起来。但还是因为慌张，一道难堪的红色污痕，赫然出现在洁白的裙子上。我拼命地擦啊擦，但那痕迹，却是愈来愈鲜明，直至最后，我终于难过地决定放弃。那时，车也慢慢地开进邻城的小站。我在小站的门口，看见一大堆来接站的男人女人，一脸的慵懒，亦一脸的灰尘。这只是一个灰扑扑的小城，并没有男孩信里描述的枝干苍劲的法桐，和干净清爽的青石板路，而他说过的那些沿街叫卖花儿的女子呢，怎么也全然没有痕迹？我坐在车里，看到眼睛疼了，才终于相信，他没有来，亦不会再来了。因为，他或许根本就是一个比我还要自卑的男生，他撒了谎，却不像我，有勇气来面对那些原本善良的谎言。

悄悄地回到家，看见母亲正帮我整理卧室。她依然笑着问我，安今天在学校补习功课开心吗？我走过去，突然从背后拥住妈妈，无声地哭了。过了许久，妈妈才回转身，温柔问我，看见你配了隐形，是不是因为不适，就后悔了，所以想哭？我没有抬头，却是哽咽，说，妈妈，安在没有读大学以前，再不会因为美，戴隐形了。妈妈便拍拍我的脑袋，笑道，可是不戴眼镜的安的确漂亮呢，妈妈相信你今天一定是班里打扮得最美的那个女孩子，对不对？没有人比我们安，更像是公主呢。

后来有一天，我在自己的抽屉里，发现了一管崭新的美宝莲的唇彩，还有一副小巧的隐形眼镜盒，我摘下笨重的眼镜，小心翼翼地戴上隐形，又对了镜子，淡淡地涂上一层唇彩，那个素朴的我，即刻变得鲜亮润泽起来。那一天，我18岁，即将进入大学，收到的这份特殊的生日礼物，是妈妈给的。她在纸条上说，安，今天，你终于长大，可以无须再那样卑微和自怜，亦可以，勇敢无忧地去追求真正的爱情和美丽……

　　那个曾经自卑到试图用别人的称赞,来鼓励自己的女孩,终于长大到可以拥有一管唇彩的年龄。而成长中的苦涩与疼痛,亦这样在时光里,轻烟一样,从容自然地淡去。

无花果也有似锦的春天

她当初之所以放弃重点高中，选择这所普通学校，原因简单到无人会相信，因为在这所以艺术为主的中学里，老师们不会对奇装异服做出限制，而天天戴一顶帽子上学，更是不会引起任何人的评议。

她有许多顶帽子，绣一朵娇羞小花的，带闪亮星星的，有质感亚麻纹理的，飘有柔软丝带的，每一顶，都是一种风情。这在以学习为主业的市重点里，无论如何，都会引起众人的非议，要么说她矫情，要么指她怪异，要么被老师上课飞白眼，要么遭女生嫉妒。而在这所崇尚张扬推崇另类的艺术高中里，她这样的装扮，引来的，至多，也就是欣赏的一瞥，那些学习音乐绘画和表演的女孩子，任何一个的衣饰拿出来，都比她要眩目且独特。而隐在姹紫嫣红的春天里，做一株默默无闻的无花果，正是她一直都想要的。

在这所没有旧日同学的邻市高中里，无人知晓她的秘密。她可以戴着那些五彩缤纷的帽子，高昂着头，走过一个个比她美丽妖娆许多倍的女孩；而如果她们拿比试的视线挑眼看她，她亦不会像往昔那样，心内存有惶恐，继而将视线迅速地移开去；甚至，很多时候，她学会将同样带着点挑衅的目光，穿过湿漉漉的空气，和空气中浅淡的花香，送达对方的身边。这样的挑战，于她，像是一场从没有过的战争，她能闻得到那浓重的火药味，听得到半空里噼里啪啦燃烧的声音，可是，她竟是很奇怪地，享受着这一切。而这让她自己都惊讶的改变，不过是因为那个让她难堪了许多年的秘密，被一顶顶精彩纷呈的帽子，遮掩住了。

假若没有那次集体歌唱比赛，她或许会在这所学校里，永远这样快乐地过下去。偏偏，生活在很多的时候，并不会按照预想的轨道，平稳地滑下去，一不留神，它就偏离了方向，滑向她极力想要避开的沼泽。

是到比赛快要开始的一场排练中，她身后的一个女孩，笑嘻嘻道：嘿，千万别忘了比赛时摘下你的帽子哦，否则到时咱班得了冠军，人家摄影师过来拍照，你这宽大的帽檐，会将我的花容遮去半个的哦。周围的人皆笑女孩子的臭美，而她，却在那一刻，脸色变得惨白如纸。班里做指挥的男生善意地走过来，问她是不是太累了，她慌忙地摇头，又用力地点头，而后歉意地说声"对不起"，便低头走出了队伍。

那个叫棋的男生，第二天再次排练的时候，写纸条给她，说，如果你身体依然不适，可以退出比赛，如果你坚持要参加，那么，能否帮我劝说一下那些女孩子，与你一样戴上漂亮的帽子上台呢，呵呵，因为，我突然发觉，这是一个吸引评委打高分的极佳策略呢。她没有想到,这个她素来没有注意过的男生,会有这样的建议,难道,他已经洞悉了她的秘密?可是,她与他,连话都没有说过几句,他怎么会知晓的呢?既然他都知道了,那是不是就意味着,周围的所有人都窥到了她的伤痕?

时间短得容不得她做过多地考虑,除了接受将帽子作为装饰上台比赛的建议,似乎没有更好的办法,来减少秘密泄露带给她的无处可逃的恐慌与疼痛。

但这个建议一说出来,便遭到许多女生的反对,尤其是那些对棋渐渐生出好感的女孩子,更是醋意大发,说,凭什么就因为她一个人戴帽子,就让我们所有人都扮演那个"效颦"的东施?与其让我们迁就她,不如用更省事的方法,让她摘掉帽子,假若她不肯摘,那只能说明她或者棋心内有鬼。亦有人说,既然是她建议的,那就让她给每一个女生买一顶漂亮的帽子来好了。

她在种种的流言里,做回昔日那个缩在壳中的自己,就像那无花果,将小小的花,隐秘地藏在叶腋间,又用密不透风的花托,层层地包裹起来,不让任何人看到。可即便是这样,她还是感觉到了初春里料峭的寒风。

最终,是班主任出面,说,这的确是一个很好的主意,所以,如果大家想要争冠军,就按棋说的,戴上自己最漂亮的有蕾丝花边的帽子来参加比赛,实在没有的,可以借一借嘛。班里的流言,因了班主任的决定,小了下去。她小心翼翼地在比赛的前一天,拿来许多顶蕾丝花边的帽子,交给棋,棋笑看她一眼,说,别只记得做贡献,你自己也要戴上最美的帽子来哦。她没有接棋的话,但一颗心,还是因了这一句,瞬间有了温度。

那场比赛，他们独特的装束，果真给评委留下了最深的印象，最终，他们以一分险胜于邻班。上台领奖的时候，很多女孩子纷纷兴奋地将帽子扔起来，她抬头，看着那些斑斓的帽子在半空里飞上飘下，犹如一只只灵动的蝴蝶，那一刻，她不知道究竟是什么鼓动了自己，勇敢地，做出了一个艰难脱帽的手势。而棋，就在这个时候，冲过来，一把将她的手按住。

她最终，放下了手。但她却是知道，这一次放下，并不是逃避，而是像洞悉了她所有秘密的棋说的那样，放下心灵的负荷。她可以选择一顶又一顶的帽子，遮掩住头顶巴掌大烫伤的印痕，亦可以像无花果，用结实的花托，为自己的青春，做一间小小的房子，而她的心，在其中，呼吸畅然，翼翅轻盈。

是的，为什么不呢？谁又能说，无花果小到无痕的花朵，不同样能够扮靓这个湿润芬芳的春天？

与一株花树相视而过

我路过很多个城市,站台,村庄,小镇,我常常很快就忘记了它们的容颜,还有那些模糊不清的路人的面孔,但那些一闪而过的树木,却如一枚印章,印在我记忆的扉页,再也祛除不掉。

我记得一次坐大巴,从家乡的小镇去北京,有8个小时的行程。是让人觉得厌倦的旅程,车上不断放着画面劣质的碟片,窗外是大片的田地,在晚春里,千篇一律地绿着。车上的人皆在枪战片的喊叫声里昏昏欲睡,我则看书,偶尔累了,才看一眼路边那些还荒芜着的山坡,或者赶羊吃草的农人。

而那片花树,就是这样映入我疲惫的视野。它们安静地站在路旁,接受着风雨,也迎接着沙尘。它们的周围,是堆积的石块,砖瓦,还有日积月累吹过来的沙子,柴草。这是一片荒废掉的土地,生命的脉象气息微弱。而那几株花树,却如此生机地点缀了这片荒野。它们长在蓝天之下,并没有因为出身卑微,就辜负了这一程春光,反而愈发旺盛热烈地绽放着。

它们的花,有绢纸一样的质地,微微地皱着,可以触摸到内里的经络。这一树花,竟是有白色、粉色与紫红三种颜色。在阳光下,它们争先恐后地繁盛着,吸引着远道而来的蜜蜂,蝴蝶,还有我们这一车路人的视线。

我很快拿出相机,啪啪啪拍了很多张照片。旁边便有人说,今日这些花朵,明日就全谢了,也只有在你相机里才能长久。我不解,他细细讲述,这才知道,这种绚烂的花树,名叫木槿,也称扶桑,此花朝荣夕衰,但旧的凋零,即刻有新的补上枝头,所以在整个春夏之日,路过此地的车辆,总不会错过了它们这一场美丽的花期。

我一直觉得,它们是为每一个路过的旅客而生的,它们站在天地之间,用最盛烈又最朴质的姿势,给每一次注视,一次温暖的慰藉。这样的慰藉,是双向的。我相信我那一眼的惊异,也曾为这几株孤单的木槿,以及那些只有一次生命的花朵,注入过点滴的勇气与信念。尽管,木槿本身,所代表的就是坚韧永恒的美。

我也记得在一些火车只停留一分钟的小站上,会见到一株株向上寂寞伸展的法桐。它们灰褐色的枝干,沉默着冲向那暗灰的天空,犹如一个寡言的男人,背负着俗世中的责任,一言不发地前行。

如果是夏日,它们密实的枝叶会给那些生活枯燥单调的小站服务者,最切实的荫凉与安慰。它们阔大的叶子,承载着这个站台火车穿梭而过时留下的尘灰,还有那巨大无边的哐当哐当声。这是一种胸怀极为宽广的树木,它们不仅生长在旷野,更葱郁着城市。它们吸附着人类排解的垃圾，却吐露着洁净的绿色的空气。而且，一旦在城市扎根，它们便努力地向上向下伸展，试图将那野性的生命，注入嘈杂喧嚣的人群。

而在冬日的旅行中，它们那裸露的遒劲的枝干，则同样温暖着旅人无处可以安放的视线。它们的科属，是悬铃木，很美的名字。你可以想象，在冷寂的冬日里，它们挺拔地站在薄凉的阳光下，每一个枝干上，都悬挂着乖巧的"铃铛"，犹如圣诞树上挂着的糖果。风吹过时，它们在风里发出微微的响声，只有细听，你才能分辨得出，哪一种声音，才是那些可爱的小球发出的絮语。

城市的四季，就这样从它们手掌一样向上托起的枝干上滑过，犹如一叶轻舟，滑过江心的微波。

而人的生命，也在与这些绽放或者不绽放的树木的注视中，穿过一重一重波澜起伏的春秋。

你是陌生人

我的一个同事，与我不在同一个部门，所以只是偶尔碰着了，挤一丝不带任何感情的微笑给对方，连点头之交都算不上。基本上，我是把他放在陌生人一栏里的。我们的生活没有丝毫的交集，我们在各自的工作岗位上，兢兢业业地为老板服务，领了薪水后，各自回家交给老婆。公司里举行集体活动，我们总是大雁一样，寻着各自的群体，窃窃私语，或者高谈阔论。有时候我们会听到关于对方的一些传闻，大多是笑过之后，再不会想起的琐屑小事。如果生活没有什么变动，或许我们永远都会这样在各自的轨道上，互不相干地走下去。

可是有一天，我在经过他的办公室的时候，他却很自然地叫住了我。我有些惊讶，亦有些警惕，他是公司的一个小头目，虽然权力触及不到我们部门，但总归是比我高一级的，难道我近来有什么地方得罪了他？他走近了两步，我却下意识地后退了两步。我就这样隔着一定的距离，等他开口说话。他笑了笑，又低头想了一会，终于试探着开了口：这个周末，你有没有空，我们去喝杯茶。我习惯性地接过去：你有什么事吗？我挺忙的，有事在这儿说吧。他又是歉疚地一笑：其实也没什么，就是想和你聊聊，听说你很喜欢看电影，业余时间还给报纸写些评论，我这儿有个挺好的法国电影，你拿去看看吧。我愈加地疑惑，心里的警惕，也添了一层。我说你有什么事就说吧，一个公司，不必太客气的。我看他伸过来的手里，放着一张崭新的光盘，是一个我早就想看，却怎么也买不到的精彩电影。我没有接，任他的手在半空里伸着，看到来来往往的同事，我再一次小心翼翼地问他：你，真的没什么事吗？他几乎有些窘迫起来，不像平时干练自如的模样：真的没有什么事，只是想和你聊聊，所以这个电影，你……我一连声地说着谢谢，接过来就赶紧走开了。

　　那个电影，我看得并不怎么投入，尽管它实在是很棒。我的脑子里，一直在盘旋着他的微笑，那种真诚但在我看来却是暗含深意的微笑。我将自认识他开始后的每一天，都细细回想了一遍，但实在是想不出自己曾经有什么地方，得罪或是有恩于他。我猜不出他到底为什么那么突兀地给我这个影碟，还要与我聊聊。我在去还他影碟的路上，终于下定决心，要问个明白，我不想无缘无故地受人好意，或是与人交往。尤其，是与一个几乎陌生的人。

　　他听了我的问题，照例是很友好地笑笑：其实真的是没有什么事，我只是看了你发表的一篇电影的评论，觉得你是个值得交往信赖的人，恰好我也喜欢电影，所以工作之余，想与你聊聊天，交个朋友；毕竟，我们的生活里，不能只有工作……

我觉得很是羞愧，亦有些感动，在这个除了自己，我们几乎不肯轻易地相信任何人的城市里。我们一直以为自己与隔壁或是对门的人，相隔有千里万里；以为我们至多只会像买方与卖方，要么永远没有联系，要么只能进行物质与金钱的等价交换。除此，再不会有任何心灵上的交流。甚至，当对方捧出一颗心来，给自己的时候，我们会惶惶然地想要逃掉。可是，我们忘了，我们的每一个朋友，甚至深爱的妻子、丈夫，与我们，都曾经是毫无交集的陌生人。只是我们中的某一个人，先上前伸出手，热情地说出一句：嗨，你好。

就是这么简单。

幸福不是一种物质

去食堂打饭,菜有些凉了,卖饭的女孩子便送进微波炉,帮我加热。人很多,也很嘈杂,瘦弱的我,挤在其中,遥望着我的饭菜,觉得时间真是缓慢。女孩子一直在忙碌不休,不知是否将我的饭菜忘记,我几次提醒,她都因为手中的工作,而抱歉地笑笑。

终于有另一个女孩过来帮忙,她这才想起我加热的饭菜,急忙地转身去取。就在从微波炉到前台的几步距离里,我竟是看见她像一只飞翔的小鸟,因为这片刻的空闲,而快乐地哼起歌来。甚至递到我手中的时候,还调皮地朝我眨眨眼睛。蹙眉等待的我,本想抱怨她一句,扭头就走,但还是在她纯真的歌声里,柔软下来,唇角微微上翘,说:谢谢。而她,则略带羞涩地歪头问我:是不是,我唱得一点都不美?我终于被这个女孩子的可爱逗乐了,又急急地纠正她说:不,你唱得很美,真的。

这是我第一次真诚且毫不做作地，称赞一个与我素不相识的陌生人。只因为，她如一泓清泉，注入我浮躁嘈杂的心底，瞬间，便将我遗失许久的纯净与安然，送到我的面前。

我所住小区的门口，有一间很小的不足十平方米的房子，后来房子被一对浙江绍兴的中年夫妇租下，开起了小餐铺。铺子不大，心灵手巧的妻子却能够做出蒸包、蒸饺、米线、面条、酸辣粉、米粥等许多种饭来。再加上价格实惠，味道可口，很快便连小区旁边写字楼上的白领，也吸引了来。冬天的时候，外面风呼呼地刮着，小小的房子里，挤满了人，没有座，都站着，夫妇俩边忙得不亦乐乎，边招呼着让大家耐心等等，或者，如果近道的，麻烦大家能够捎回去吃。夏天的时候，他们在外面支两把大大的阳伞，摆两张可以坐七八个人的桌子，但还会有人要被劝说着，提回去吃。

这样拥挤狭小的空间里，除了有锅碗瓢盆桌椅等必备的工具，还包括了他们折叠的床，被子，衣柜，老式的冰箱，冬天取暖用的炉子，夏天驱赶蚊虫的风扇等等。但即便是这样憋闷矮小的房子，他们却从来没有想过，换一个更大的。曾经向做妻子的，提及这个建议，说，租一间大的房子，不仅可以招徕更多顾客，而且你们自己，也能住得舒服，而不是像现在这样，每天单单为了打扫房间，折叠床铺，就得早起一个小时。本以为女人会笑着说考虑一下，不想她当即便摇头说，为什么要换大的，我们这样，已经很好很知足了啊。

这是我没有想到的答案，在这个物欲四处流窜的时代，我们总是想着住更大的房子，做更广的生意，生活更舒服奢华一些，吃穿更讲究品位一点。却不知道有人，会在这样狭小逼仄到无法想象的出租来的房子里，说，已经很好很知足了。

是的，他们的知足，不是说出来的，而是从内心的最深处，犹如花香，自然地，从容地，飘溢出来。知道顾客太多，便常常晚去，每每都到了七八点钟，才去那里吃一笼蒸饺，要一碗紫菜汤。若是夏日，暑气开始淡去，路灯次第亮起，不善言辞的男人，边听着他的评书，边认真地包着蒸饺，抽空，还会喝一两小酒，捡几粒花生豆。而女人，则不由自主地，就哼起歌来，都是上一辈人，传唱的老歌，但在那时的她唱来，却多了几分闲适，优雅，与恬淡。我喜欢看她出门时的动作，对着墙上挂着的破损的镜子，抿一下散乱的头发，而后再拍打一下身上的面粉。这是一个活得丝毫不比我们这些白领，粗糙寡淡的女人。她即便在这样黯淡的小屋里，也从来没有忘记，外面的花朵与阳光。

他们与这个城市里，数以万计的打工者一样，在繁华的北京，买不起房子，随时都有可能关门闭户，重新择地开业，而且没有退休金，也交不起养老保险，他们像那角落里的花，不知何时，就会被人拔掉；但即便是这样，他们依然有小小的幸福，饱满恣意地绽放着，任是谁来，也不能将它们，从心底连根拔掉。而这样素朴淡定的幸福，即使我们这些优越的白领，吃再高档的晚宴，喝再贵的咖啡，包再豪华的KTV，用再名牌的化妆品，怕是，也无法企及。

只因为，幸福，原本不是一种物质，它只是一种感觉。地震可以震垮坚固的房子，但如果有相爱的人环拥着，我们依然觉得感激、满足。疾病可以摧垮一个人的身体，但如果你心存着希望，精神的脊梁，依然可以笔直向前。

所以，永远不要，忽略一朵花的美丽，一株草的生机，或者，与家人的一个短短的电话，给朋友的一条温暖的短信，给陌生人的一句由衷的赞美。那些幸福的珍贝，就藏在其中，熠熠闪光。

爱，一夕忽老

他是被学校开除出去的，自此便在小镇上跟着一群痞子瞎混，而且很快地，因为一起行凶抢劫案件，被关进了监狱，判了三年的刑期。他的父亲，是一所中学受人尊敬的老师，他却从没有喜欢过父亲，而且，固执地在任何人面前只肯称呼他沈。他被抓走的那天，小镇上很多熟识的人来围观。沈哭着从人群里疯狂挤进来的时候，他已被塞进了警车。他看见沈在一大堆人的劝说里，慢慢蹲下身去，双肩急剧地颤抖着，那个一向腰杆笔直的男人，那一刻，灵魂轰然倒塌；而戴着手铐的他，心里，竟然是快慰的。

他从小便恨沈。他三岁的时候，母亲便因病离开了他。每年都被评为优秀教师的沈，便立刻成了许多女子爱慕的对象。那时候的沈，在他的眼里，是略略得意的。有好几次，沈马上要定下来的爱情，都被他半路拦下了。他无法容忍有另外一个女子，插入他们的生活。尽管这样，他们的家里可以窗明几净，温馨和暖。可是，凭什么这个男人拥有这么多女人的爱，而他，却是失去了母爱，连父爱，也要任由人分割了去？他千方百计地破坏掉沈一次又一次的约会，直到最后，沈终于对组建新的家庭，心灰意冷，一心扑到工作和对他的教育上。为了他，沈失去了许多升迁的机会，他知道，但并没有感激过。他生性顽劣，亦不肯让自己受半点的委屈，把心从玩闹中收回来，为了沈做父亲的荣耀，努力拼上一回。沈越是为他牺牲，他越是不去珍惜，而且用更满不在乎的姿态，让沈伤心。似乎只有如此，他缺失的那份母爱，和沈曾经为了爱情，对他的忽略，才会得到心灵上的弥补。这样他的功课便被远远地落下，直到他对学习完全地厌倦，和校外的无业游民们厮混在一起，给在事业上如日中天的沈，尊严上以重重的一击。

他对自己的入狱，是早有预料的，所以并没有多么难过，照例在监狱里动不动便与人打架，挑起事端。他想沈也定是对他绝望了吧，从他开始放弃学习，到惹是生非，再到开除学籍，四处游荡，沈早已比他还要早地看开了吧。他注定无法给沈想要的骄傲和荣光，他也不愿意看到沈活得如此体面且风光。所以，当他在监狱里依然一次次犯错误，狱警因此屡屡打电话到学校，将沈叫来，把他的恶习，一项项通知沈时，他的心里，并没有丝毫的愧疚。即便是他们面对面坐着，沈看见他因被狱警惩罚去剥满屋的蒜，皆已松动的指甲时，立刻泣不成声，他也没有因此而落点滴的眼泪。

这样地放纵自己，便使他在一年后，被狱警告知，又得到一年的刑期。他是在几天后，才见到的沈。他以为这次沈会咆哮着骂他，或者不顾旁边的狱警，狠狠地给他几个巴掌。他甚至渴盼会有这样的场面，这样他心底浮起的内疚，即会瞬间地消逝，再不来折磨他。但是，什么也没有。隔着一张窄窄的桌子，沈很奇怪地伸手过来，最后，犹豫着，将一双还沾着粉笔末的手，落在他的脸上。这是第一次，他和沈，有肌肤的接触。那么粗糙的大手，为什么以前，他从来没有注意过，它们已是青筋暴露，瘦骨嶙峋？他一直以为，它们是和沈昂扬的身体一样，粗壮有力的。他终于淡漠地开口问沈：你还好吧。而沈，却是很奇怪地，并没有接他这一句示好似的问候，只是絮絮叨叨地反复说，孩子，你怎么瘦了，爸爸求你，好好表现，早点出来，这样爸爸就可以天天给你煲粥喝，再不让你受一点的委屈。他以为沈没有听见，又把这句话丢给沈，但沈还是自顾自地说下去。他终于烦了，站起身，主动要求结束这次会面。穿过一道走廊的时候，他从窗户里，又看见了沈，被一个狱警领着，颤颤巍巍地向前走，却是一不小心，还是被什么东西给绊了一下。那个瞬间，他的心，倏地一痛，然后想，沈怎么忽然间，就像个迟暮的老人，如此无用起来？

他感觉沈越来越陌生了。当年被小镇上所有女子敬仰着的成功男人呢？那个眼睛从来不斜视、走路永远大踏步地优秀老师呢？那个对他的抱怨一向是侧耳倾听而后给予逆耳忠言的父亲呢？为什么沈忽然地对每一个人，都那样地现出无助和不安来？这样的疑惑，沈每一次来，都会从他的心底浮起。他突然地想要躲避沈，他无法忍受沈用枯枝一样的手，犹疑着触摸他的脸。他总是左躲右闪着，让沈的手，在一团空气里沉重地落下来。他亦烦恼沈见了年轻的狱警时，低头小声问好的谦卑。甚至，沈连走路，都是一脸的胆怯和小心，似乎一不留神，便会摔倒了，引来外人的嘲弄和嬉笑。

后来有一天,他又和一个犯人打了架。一个曾经是沈学生的狱警,将他带到办公室里,关上门,什么话也没说,恶狠狠地给了他十几个巴掌。打完了,这个狱警便颓然地坐下来,哽咽说:这些巴掌,是我代替你父亲打的,是你,把一个那么好的老师,推到几乎绝望的悬崖上去!我真后悔,让同事把你推迟一年出狱的消息,那么快地告诉了他;他在一夜之间,就被你折磨得双耳失聪,眼睛,也几乎看不见了!当你看见他拿着竹竿,一步步摸索着走到这里来探望你,当你看见他遇到自己的学生,都因为难堪而低头躲开时,当你知道一个在事业上曾经意气风发的男人,如今却被迫因为身体而提前退休时,你那颗石头一样冷硬的心,难道不会有一丝的难过和愧疚?!这个男人,是生你养你的父亲啊!

他终于明白沈一次次上来抚摩他的脸,却总是碰错了地方的原因;明白沈的腰,为什么突然地驼掉;明白沈每次走,为什么都需要狱警的搀扶;明白沈在监狱的外面,其实替他承担了狱中几倍的痛楚和惶恐。是他,让一个骄傲到骨子里去的男人,一夕忽老,尊严尽失。

曾经在一场"巷战"里,被打得头破血流都不曾流泪的他,终于在这个瞬间,为了自己带给父亲19年的狼狈和羞耻,泪流满面。

我的老师未成年

隔壁四岁的糖糖,见我每日里行色匆匆,神情淡漠,连招呼都懒得跟她打,便生气,撅起小嘴抱怨我说:阿姨,你得学会懂礼貌,这样才有小朋友喜欢你哦。我笑问她:怎么才算有礼貌呢?她便立即学了幼儿园老师的语气,笑眯眯地教育我说:见了朋友要开心地问你好,下班的时候要给周围的人一一说再见,路上有老伯伯看着你微笑,你也要甜甜说一声伯伯好。

我想起自己的热情,都给了可以提拔自己的领导,至于身边的朋友和同事,没有事情,连句问候的短信都懒得发;路上遇见了,常常省略了言语,只是例行公事般地点点头,就埋头想自己的小喜乐。觉得孤单的时候,更愿意一个人闷头上网,东游西逛;却从来没想到,如果自己主动地对别人微笑,说一句闲话,道一声"阳光真好",心情也会跟着有个风和日丽的好天气。哪怕只是个欣赏你别致衣裙的陌生人，片刻上扬的唇角，也会让我们此后的一天，都神清气爽，温暖如春。

朋友从国外带来的很昂贵的一盒巧克力，我悄悄给糖糖一颗。糖糖剥开后放进嘴里，很快便因其迷人的滋味，幸福得眯起小眼。我问她是不是很甜呢？她点点头，随即附在我耳边，低语道：阿姨，我还有一个让巧克力变得更甜的办法呢。我迷惑不解，问她，那这个秘诀是什么呢？她略带羞涩地恳求道：只要阿姨能再给我两颗，送给我幼儿园的两个好朋友，我嘴里的巧克力就会更甜啦！我立刻拒绝了她，我说，那怎么可以呢，这么贵的巧克力，留给自己慢慢吃，这甜味才会持久呢，记得好东西要留给自己享用哦。糖糖听了不依不饶，要将嘴里的那一颗吐出来还给我。我只好又拿出两颗来给她，这才把她的眼泪挡住了。

第二天她欢喜地过来找我，说小阿姨，谢谢你的巧克力噢，我的好朋友也让我给你捎来两粒大白兔的奶糖吃呢。我剥一粒放进嘴里，竟然发觉原本不喜欢吃的奶糖，有了一种特殊的味道，丝丝的甜味，像是缕缕花香，飘进我的心里，而后又缓缓扩散开来，甜美的滋味，氤氲了我的每一个细胞。这才明白，原来幸福真的是越分越多的，只要，你肯将这份幸福，交给熟识甚至陌生的人们。

后来有一天，我房间的下水道堵了，脏水漫溢了整个房间。我要去找维修工，糖糖却立刻将爸爸叫了来。没费多少力气，糖糖爸爸就帮我修好了下水道，还和糖糖一起将弄脏了的房间收拾干净。我看着他们满头的大汗，觉得过意不去，便要请他们一家人去吃肯德基。糖糖却嘻嘻笑着拉爸爸走，走到门口又意犹未尽地说：雷锋叔叔做好事都不留名呢。

但我还是在第二天，打听清楚修理一次下水道所需要的费用，又按照这个标准买了等值的礼物给糖糖家送去。待我说明了来意，糖糖即刻代爸妈生了气。糖糖说，阿姨不是个好孩子，不听老师的话，我们老师说了，邻里之间要互相帮助，收礼只收一声谢，你已经说过谢谢啦，为什么还要再送礼呢？糖糖妈妈正要接过东西的手，很尴尬地停在半空。而我，在这句话里，想起自己等价交换的处世原则，脸，也和糖糖妈妈一样，倏地红了。

糖糖在楼下小花园里玩，一个和她玩得正高兴的小女孩，不知为什么，突然将糖糖推倒在地上。糖糖的眼泪，立刻在钻心的疼痛里，哗哗流下来。那女孩见状要溜掉，我随即抓住她，让她道歉。女孩道完歉我还要接着批，却被糖糖拦住了。她抹掉眼泪笑着说，阿姨，我们是好朋友，老师说，好朋友不能记仇，要相互宽容呢，所以让我们继续玩，好吗？

我吃惊地看着糖糖，想告诉她，大人的处世方式，常常是互不相欠的，如果你欺骗了我，故意绊倒了我，那么我们彼此之间，就会互相提防，就再不可能继续亲密无间地处下去。可是这样残酷的哲学，糖糖却用简单的几句话，就给消解掉了。是啊，假如朋友伤害了我们，为什么我们不能学着去宽容，学着忘记仇恨，记住我们曾经是一路走来的朋友？

作为大学老师的我，从没有想过，在28岁的时候，需要重新回到幼儿园里，拜四岁的糖糖为一生的老师。

给别人看的简历

编一套书,收到几百篇文字的同时,也读了几百个人的简历,并从中窥见几百个人的俗世表情和半生足迹。

最简单的,不过是一行字,说,某某某,小学毕业,无业,出书若干。我相信文字后的这个人,一定有着最丰富的阅历,走过坎坷的道路,于是便淡定如水,对于名利,已不介意,知道这些看似光芒万丈的东西,不过是一件衣服,披在身上,并不能让你的灵魂,跟着也荣耀起来;人生很短,来时赤诚相见,去时也是如此,所以那些华衣彩服,除了招蜂引蝶,让自己的安静旅程,生出喧哗与聒噪,并无大益。如此简历的主人,大多作品沉稳大气,有大家风范,一行行读下去,犹如与此人对面,无须多言,便能让你品出茶之沉郁味道。

而那些文字短短一页,简历却是长达五百字的人,窥其人生,却是乏味如久泡后的茶水，看似绚丽多彩，喝一口下去，毫无滋味。那些履历，细到连小学曾经得过的一次奖励也写了进去。获过的某项荣誉，除了将名称写上，还会絮絮叨叨地，将那颁奖的机构，在当下文艺界的地位，也一块纳入其中，似乎唯有如此，才能让人了解这奖项的重要性，及其他本人的横溢才华。

而对于那些所获奖项多到无法细数的人，列入简历时的选择，也可窥见此人的一两点小心思。有些人会在简历里，将国内的荣耀，全部剔除，只留那国际的奖项若干，昂头挺胸地立在那里，只等看见的人，投过去仰慕艳羡的视线。这样的人，大多是有崇洋媚外的心理，觉得玫瑰都是国外的香，于是乐意弃掉国内的大奖，只留那外人没有听说过，但一窥见"英法德日意"字样，便生出赞叹的国际小奖。

也有人，善于断章取义，在百度里搜来无名报章的评论，只取那提及自己名字或者作品的关键一句，大张旗鼓地列入简历，并将评论中其他人的名字，毫不留情地去掉，似乎，那些概括整个行业的前瞻性句子与荣耀，只是给他一个人的，他取一瓢饮，便可以吞下整个江河。

还有人，完全相反，把凡是有与名人共同出席的会议，全部列入简历，尽管，自己的名字，常常在最不起眼的角落；但好歹是与名人并列过的，所以，也可以沾些名人散落的光泽，让自己看上去喜气洋洋，昔日晦暗的容颜，可以红光满面地伸出去见人了。

有热爱职位的，会从少先队大队长写起，将沿途的大大小小的官职，一一列来，你会从那些一本正经的理事、主任、主席、副科长、荣誉教授等等的头衔上，看到此人脸上对于世俗职位的垂涎。

似乎，他退休前的大半生，就是为了这些职位而生的。他从入幼儿园的那天起，就开始了对那一个高于一个的座椅的征服。一步步爬上去，那些阶梯，便是他一生的印记。至于途中那些芬芳的花朵，或者茂密的森林，清亮的溪水，则与他无关。

那些实在是无光辉事迹可写，但又不甘心在简历上，平庸过他人的，便会用最华丽的辞藻，为自己粉饰。譬如他会说自己曾经为某知名人士做过翻译，深得名人的信任与认同。又说在业务上勤奋钻研，做出的某项成绩，无人可以匹敌。还说因为业绩突出，曾受邀参加京城某知名会议，与国内行业翘楚做了深入的交流与探讨。这样的词语修饰下，原本灰秃秃的某个人，犹如到了四壁辉煌的宫殿，灯光照耀之下，带褶皱的衣服，也跟着流光溢彩起来。

后来有一天，我偶尔路过城市的某个公墓，走过一个个墓碑的时候，便再一次想起了那些或简约或奢华的简历。原来我们许多人，生着的时候，想要荣华富贵，死去的时候，依然想不明白，于是在那小小的墓碑上，用各式的文字，提醒着经过的后人，这泥土里埋葬的，乃是一个功名显赫的人物。而那些一路行走，始终朴实无华的人，在人生的终点，也如流水行云，给你最安静的一个句号。

我喜欢其中一个墓碑上的文字，很短，说：我曾经来过。我们每一个人，原都是这样，曾经来过，并成为渐渐被人忘记的过去。所以每一程人生，对于别人的意义，不过是瞬间逝去的风景，平淡也好，绚丽也罢，这一程的滋味，真正能够品出的，也只有自己。

而那给别人看的简历，一笔一画写的人，亦是自己。

最素常的问候

年轻的时候,为了一些虚荣的光环和荣誉,她天南海北地拼命闯,不仅顾不上自己的孩子和丈夫,连极疼爱自己的母亲,她都一年半载腾不出时间去看望,更不用说在母亲身旁聊聊天,让已是暮年的她,享受一下天伦之乐。

母亲却常常打她的手机,细细碎碎地问她的近况。每每在最后快挂的时候,会小心翼翼地问一句:孩子,近来有空吗?要有空就过来吃顿饭吧。她总是很熟练地向母亲撒谎,说:妈妈,近来我身体不舒服,怕是没法过去,等我身体好了,一定带着儿子去看您。做母亲的,总是很自责地说一句:都怪妈没给你个健康的身体,那你好好的调养,别太累自己啊。

这样的话,说了许多次。就像儿子病了,她在外采访赶不回去,打电话骗他,过段时间就回去陪他到海边游泳一样,总是变成空头支票，一而再，再而三地拖延下去，永远没有兑现的机会。

等到她终于腾出空来去看母亲，已是母亲病危，医院通知家属尽快去办理后事了。她神思恍惚地坐飞机赶回去，想着怎么还没有将这么多年的成绩，给母亲汇报，她怎么就不等自己，先要走了？

她赶到的时候，看见病床上瘦得只剩一身骨头的母亲，气息已是微弱。大哥轻轻趴在母亲耳边，说：妈，小美回来了，您和她说句话吧。她忍着泪，跪在母亲床前，一声声地轻唤着母亲。母亲很艰难地睁开双眼，细细地看着她的容颜，而后低低地说出一句话来：孩子，你的病，好了吗？

她的心里，翻江倒海似地一阵悲怆。可还是尽力将这惊涛骇浪平息住了，重重点了点头。她的面容枯槁的母亲，在她的回答里，竟是露出一丝如释重负的微笑，而后安安静静地闭上眼睛，再也没有醒来。

办完母亲的丧事，她已是心力交瘁，于是便打算回家休整一段时间，暂不工作。推开门后，看见丈夫正一边将她在省电视台刚刚完成的访谈节目放给儿子看，一边在她的声音里哄儿子吃药。她的心，一软，放下行李，抱起儿子，温柔地问道：宝宝，好好吃药，这样病才好得快。儿子顺从地吃下药，搂着她的脖子，低语道：宝宝见到妈妈，病就全好啦！

看着对面电视里，那个魅力四射却对儿子毫无吸引力的自己，她终于明白，那么多的荣耀与光环，在最爱自己的人那里，原是抵不过一句素常的问候。

你有什么理由逃

亲爱的小茉，不知坐在返程火车上的你，是否已经将几日前，那场不愉快的夏令营忘记，也不知，你会不会因此，在火车上，拒绝所有陌生人善意或者好奇的搭讪。甚至，连昔日你喜欢欣赏的窗外的风景，此刻也如某个惹人烦厌的孩子，在火车哐当哐当地单调声音里，一路在后面追赶着，直到将你的眼睛，弄到倦怠不堪。

你落寞上车的那一刻，我看着你寂寞的背影，知道此次来京，在你18岁的人生中，烙下的，并不是一抹美好明亮的回忆。或许，在此后很长的一段时间，你都无法走出这段记忆的阴影，它们的枝权蔓延下来，遮住的，不仅是你饱满的额头，还有，那双纯净的双眸。可是，亲爱的小茉，在你转身的那一刻，其实，我是多么想将你拉住，让你看一看，北京站的门口，那些蜂拥而入的人，或者，索性将我手中的画板，交给你，让你为每一个经过身边的陌生人，画一幅形象的素描；而这些抓住瞬间表情的素描，会一点点地浮现出，这个世界，最真实的模样。

因为优秀的成绩，你很幸运地，从几千人中，脱颖而出，来到北京，与四十几个同样出色的学生一起，共同度过为期一周的夏令营。在来北京的火车上，从没有出过小镇的你，兴奋地发短信给我，说，姐姐，想到能与全国各地的同龄人交流，而且成为朋友，你几乎一夜失眠了呢。在你的想象中，这次出行，是雨后天边的一抹虹彩，或者树上一片水洗过的叶子，绚丽，新鲜，溢彩流光。你期盼着每一个人，都能成为朋友，却没有想过，该如何与不同个性的人交流。你希望他们如熟识的亲朋好友那样，时刻给予你关爱和谦让。你也曾有过忐忑，经历过不安，但这些很快地被出行的快乐，一一冲淡。下车的时候，你如一只喜悦的鸟儿，歌唱着朝我飞奔而来，那样的自信从容与朝气，为何在我送你离京的时候，消失殆尽，取而代之的，是你眼中，无尽的失落与迷茫？

知道你在这次夏令营中，经历了前所未有的冲击。四十几个人，就像一个新的班级，或者一个植满花草树木的园子，其中有茉莉、百合、蔷薇，也有冷杉、法桐、侧柏，亦有缠来绕去的藤蔓，枝枝杈杈，免不了，就彼此牵绊，互相阻碍，你夺了我的阳光，我遮了你的雨露，或许用不了秋霜打来，只是一场风雨，便能让这生气勃勃的园，只剩了枯枝败叶。

而你，在这样的园中，不过是一天，便想要逃走。你一次次地向我抱怨，为什么每一次出行，总有人要冒出来，做那个张扬高傲的鹰，且用巨大的翼翅，将其他人的声音，霸道地压下去？为什么每一次发言，总有一些人，与你较真儿、动怒、争吵，并将一场问题的论战，切换到对人的指责与苛求？为什么一些小小的误会，反而解释到最后，成了一幅愈描愈黑、无迹可寻的画？为什么那些你满心欢喜地想要早日见到的"名家"，并不像你想象的那样热情且亲切，常常，转过身去，就神情迥然？你说，这不是你期待中的夏令营，你需要宽容、忍让和温暖，而那些花草树木，所呈现出的，却处处是冷淡、阴郁和吵嚷。七天，在你的心里，沉淀下来，不过是一次没有排练好便匆忙上场的表演，拙劣的妆容，晦暗的衣饰，磕绊的歌唱，点点滴滴，一旦刻下，便再也难以从记忆之中，拔除。

亲爱的小茉，临走的那天，你说，再也不想参加这样的夏令营，交不到一个朋友，反而看到如许多不想看到的人。一直以为，这个世界，就是小城那样大，其中的人，亦是如此可爱、善良且纯净，不会与你喋喋不休地争吵，也不会当面给你难堪；即便是有了争吵，不过是片刻，就会主动地过来，给你道歉。从来没有人，会跟你斤斤计较，或者将你当成一个无关紧要的陌生人，只一两句漫不经心的闲言碎语，便将你一番热切诚恳的言辞，打发掉。你在这个群体里，因为不擅言谈，很多次地，被人抢白，遭人奚落。四面八方涌来的同龄人，带来的，不是你想象中的馥郁的花香，而是时不时就将你绊倒在地的荆棘。

可是，亲爱的小茉，每一片森林，都会有擎天的大树，和低矮的灌木，有温顺的小虫，亦不乏凶恶的野兽，而我们身边的人，一个个组合起来，便是一片莽原，你站在自己的位置上，即便是悄无声息地静立，也会有鸟的骚扰，兽的莽撞，或者虫的啃啮。你长在其中，除非拔根逃掉，否则，就应该能够忍受这种种的击打，而且明白，不论你移植到何处，都会有飞禽走兽、暴雨狂风。

所以，亲爱的小茉，为什么18岁的你，刚刚在社会的门槛上，微微探一下头，便立刻缩回到安全无忧的壳里？难道，你宁肯做一只缩在壳中的蜗牛，也不想经受风雨的吹打，流言的锤炼？你种种的失望、抱怨，不过是因为，你不想看到这个真实的世界，不想看到形形色色带了缺陷又言语尖锐的人，不想经历从小城到北京的巨大的差异。

可是，逃得掉的，是落魄的勇气；逃不掉的，则是漫长的人生。而你，不过是刚刚长出翼翅，又有什么理由，因为看到一张张面具后，真实的容颜，而拒绝掉整个葱郁的森林？

原来人生，并不是一盘在下的棋，走错了，可以向对方耍赖，重新退回再选。很多时候，我们常常连擦掉过去痕迹的橡皮擦，也不能寻到，时光的洪水，便将来时的路，无情地淹没。

第五辑 看上去很美

不是所有的PK，都有公平的规则

亲爱的蓝，你写的信，其实我早已经收到，这些天来，我一直将它放在床头，翻来覆去地看，但还是不知该如何开口，给你并不想要的答案。作为比你年长10岁的姐姐，我理应给站在人生十字路口上的你，一个正确的、乐观的指引，可是，亲爱的蓝，我不能。

16岁之前的你，一直活在成人为你编制的美好童话里，父母亲朋友的帮助，让你将这个社会，看得过于单纯，世界在你的眼中，就是一个蓬松的甜蜜的棉花糖，或者一朵饱满芬芳的山茶花，闭起眼睛，闻一下，芳香沁人心脾。而今，我只是想唤醒你，睁眼看一看这个真实的世界，看一看除了良善、公平、无私、光明，这个社会，也同样有邪恶、不公、自私和阴暗。假若，某一天，你与他们不期而遇，那么，除了无休止的抱怨、失落，你被重重击打的心，该如何应对霜冻之后，依然是黑白交织的生活？

你说你的老师们总是告诉你，只要拼搏，就会有收获，命运对每个人，都是公平的；而你，也一直坚信，这次对你一年后保送名牌大学，具有决定意义的考试，你全身心地付出，必会换来丰硕的果实。你走出考场的时候，便自信满满地发短信告诉我，说，你的一只脚，已经迈进了名牌大学的门槛。这两年的努力，让你的综合排名，始终在整个年级的第一位。所有的老师，也都认为，你就是那个半年后，在光荣栏里熠熠闪耀的明星，你聪慧、勤奋、执着、多才多艺，讨每一个人喜欢，大大小小的比赛，一旦有你参加，稳坐冠军的，一定不会是别人。而这次的考试，不过是最后一扇，已经向你自动敞开的门。

可是，偏偏，与你一起竞争的，有校长的儿子。偏偏，批改语文试卷的老师，是竞争对手的班主任。于是，你昔日引以为傲、经常在各个班里当范文辗转的作文，反而成了此次考试的劣势，阅卷老师百般地挑剔你的文章，一直挑到你的成绩，可以落在校长儿子的后面为止。

这样的结果，让你失落感伤了许久，你不明白之后发表在校报上引来一片喝彩的文章，为何在考试时，却得了如此不堪的一个分数。你曾为了准备写作的素材，查阅了很多的书，常常，在市图书馆里，从清晨泡到街灯次第亮起。你付出如许多的汗水，到头来，却收获了遍地的荒芜。不公鲜明地犹如白墙上的黑色油漆，你用了刀子，痛苦地去刮，却发现，一切都是徒劳。

亲爱的蓝，从你的母亲那里，知道你为此难过了许久，一度不知道该如何面对仰慕你能有机会保送重点大学的同学，你怕那些幸灾乐祸的讥讽，你怕老师额外的关心，你怕亲戚朋友的追问，每一次被人提起，都似将那刚刚结疤的伤口，硬生生撕裂开来，疼痛，锥心蚀骨。这是你第一次面对如此残酷的不公，你不知所措，你辗转反侧却依然想不明白。你问我，大人们说的话，是不是都是假的？为何他们告诉你努力的时候，忘了告诉你，这个世界上，不是所有的事情，只要努力，就能成功的，而假如不公站在你的面前，生生地将机会夺走，那么，你又该如何应对？

是的，蓝，不是所有的PK，都有公平的规则。总有一些人，千方百计地寻找规则的漏洞，趁机跳到你的前面，让你所有的辛劳，都付诸东流。而这时，你究竟是执拗地与这种不公，斤斤计较，甚至穷尽你的整个青春，都走不出它的阴影，还是淡淡地一笑，权当一次人生的经验，便继续你的行程？亲爱的蓝，失去了保送的机会，你还有一次高考，命运在向你关闭一扇门的时候，你应该学会，继续前行，寻找另外一扇通向鸟语花香的大门。

亲爱的蓝，当你向我抱怨的时候，其实我也经历了同样的不公，研究生毕业的我，携着优秀的成绩，奔波于大大小小的报社、学校、电台或者公司，可是总有人，找出这样那样的理由，将面试成绩排在前列的我刷掉，性别、学历、长相、地域，都能成为我被拒绝的理由。假若我在这样清晰的不公面前，与你一样，焦灼、愤然、迷茫，甚至是放纵自己，那么，或许关掉的，不仅是这一扇门，更多的门，在我犹豫徘徊和无休止的抱怨牢骚中，皆冷漠地闭合。

所以亲爱的蓝，为何要在你无力争取来的荣耀面前，用悲伤和泪水度日，并因此，错失那些可以让你公平地展示自己的PK？

亲爱的蓝，原谅这一次我无法给予你任何的良方，助你夺回本应属于你的骄傲。比你多走的十年的路，让我只能如此残酷地告诉你,童话的结局,不只是温暖与幸福;你所做的,是怀揣着童话,在跌跌撞撞中,找寻另外一片明朗的晴空。

请不要欺负我的母亲

有一年的冬天,我去冰城的天然雪场拍摄照片。但到了之后便开始后悔,因为人山人海里,根本找不到一块安静的地方,以拍摄我心中那一片圣洁和纯白。那些自以为是的旅游者,用喧嚣的吵闹和粗鄙的举止,将我想要的美,破坏殆尽。而时不时闯进镜头来兜售纪念品的小贩,更是让人心烦。尤其是一个右腿微瘸、皱纹横生的胖女人,简直让我无法忍受,很想一个电话打到雪场管理室去,将像她一样从后门溜进来的小贩,统统赶出去。

其实在很多旅游景区都可以见到这样的胖女人,穿了许多层衣服,每一层敞开来,都是那些制作粗糙的纪念品。有人来检查的时候,就将衣服一紧,若无其事地走开,或是一闪身,就藏到角落里去。看到右面善好欺的游客走过,立刻就蚊子一样,啪一下飞来将你盯住,再不放手。直缠到游客用钱将这些恼人的麻烦,摆平了事。这个女人更是让人厌烦，只要别人看她一眼，她立刻就会欢天喜地地冲过去，喋喋不休地推荐她衣服里藏着的旅游指南之类的宝贝。即便是你不看她，她也会主动拦住你，且一路跟在你的后面，苦苦哀求你买她一件东西。很多人常经不起她可怜兮兮的乞求，掏钱上当，也算买个耳根清净。她甚至几次跑到我的面前来，对着我的镜头就敞开了她叮当作响的外套。我在相机里，看到她骤然变形走样的脸，心底对雪景的温柔与眷恋，瞬间全无。

正在我懊恼地打算，退出这一幕被扭曲了的美景时，视线突然又被胖女人吸引了去。我看到原本无人搭理、四处追着人跑的她，很奇怪地被一群人团团围住，而且，她几次想要逃跑，都不过是跟跄走了几步，就又被几个身强体壮的男人，给狠命地拽住。我漫不经心地听了片刻，才知道，原来是胖女人卖出一块玉石之后，游客突然不想要了，让她退钱，而且拿出一张50元的假钞，坚持说这就是胖女人刚找给她的。胖女人起初还极力争辩钱不是自己找的，后来看周围的人皆嚷着要找雪场管理员来，立刻害怕了，转身就要跑。这一跑，更加让观者坚信，她的确在找零的时候，做了手脚。

我看着那个刚才还因为手气好，而在同行面前洋洋得意的女人，此刻却在众人射来的尖利的视线里，如一只无处躲藏形容可鄙的老鼠，便觉得心内郁积的烦闷，烟雾一样开始消散，想着管理员快快地来，将她假冒伪劣的纪念品全都没收了去，且再不要让她来败坏人的心绪。一旁的几个粗壮男人看似也讨厌她，不理她的求饶，硬拽着她就往管理处走。女人的眼泪，就在那一刻，哗哗地流出来，我几乎可以听见她心底的哀号，还有那种莫名的委屈和恐惧，风一样，一阵阵袭过来，卷起她凌乱的头发，和沉甸甸的衣角。

管理员很快就来了，不由分说将她的几件衣服扒下来，又把口袋里的纪念品，粗暴地撕掉，或者远远扔出去。扒到最贴身那件放钱的棉衣时，女人突然很倔强地死死护住，不让任何一双手靠近她的钱袋。管理员显然被她的反抗激怒了，上去便给她一拳。女人打了个趔趄，一下子躺倒在雪地上。我不忍像其他人一样冷漠地看下去，转身要走，有个衣着破旧的男孩忽然挤进来，高声叫道：你们不要欺负人！人群瞬间安静下来，我们呆呆地看着这个十八九岁的男孩，心疼地将地上的女人扶起来，又一件件给她穿上衣服，把四处散落的纪念品一一捡起，帮她放好。是那个涨红了脸的管理员先开口嘟囔道：你这小子跑来管什么闲事？男孩这才抬起头来，一字一句地说：请你们不要把所有的坏事，都推到她的头上，她也是靠自己劳动辛苦挣饭吃的；而且，也请你们，不要欺负我的母亲！

一行人脸上的惊讶和羞愧，即刻像那阳光下的冰雪，慢慢消融掉。原来，这个行侠仗义的男孩，并不想我们想象的那样，英勇挺身，他不过是在为自己的母亲，护短罢了。

男孩扶着女人走开去，没有人上去阻拦，甚至那个执行公务的管理员，也呆愣了片刻，神情复杂地转身离开。我跟在管理员的后边，默默走了一会，突然赶上去开口问道：那个女人的儿子，也在你们这里兜售纪念品吗？管理员淡淡看我一眼，没吱声，却是紧走了几步。看我依然在身后不离不弃地黏着，终于厌烦，丢给我一句：她哪有什么儿子，她只有一个智障女儿！那个从小没妈的小子，是雪场这一带的惯骗，今天也不知发了什么神经，管起闲事来了！

原来，我的眼睛，与我的相机一样，看到的，不过是那表面的繁华与俗世。真正的美与震撼，却安静地藏在一句谎言的背后。

良心划过指尖伤

中学是在一个小城里读的，学校里的女老师们皆有一股子家庭主妇味，爱喋喋不休，亦爱在上课的时候，拿自己的孩子做现身说法。那时的班主任是一个叫陈美微的女老师，对我们这个差班，常常有恨铁不成钢的怨恨和愤怒，每次要在班上开"批斗会"的时候，总是以她儿子的勤奋好学做开场白。我并没有见过她的儿子，但从她的描述里，猜想这大概是个苍白瘦弱的少年，眼睛很亮但也略显疲惫，除了学习，或许什么也不会做。

倒是常常从其他同学的口中，得知她儿子的一些事情。说他其实是个俊秀的少年，但读高三了，还不如我们这群高二的小孩子年龄大，个子，也自是矮了一截。所以在路上遇见了他，班里对陈美微耿耿于怀的家伙们，会把他截住，吓唬一阵子。他估计也是不敢给妈妈说，因为班里从没有一个人为此受过什么批。他的志向高远得很，说要去考飞行员。陈美微谈起来的时候，也是眉飞色舞，似乎她的儿子早已在小城的上空雄鹰一样翱翔。我们那时候常常是不屑，还有人说不行在路上将他打一顿，给他留点伤痕就无法通过体检，陈美微的美梦，肯定会落空，再批我们的时候，斗志也不会这么高昂了。

当然也只是这么愤愤地说说，并没有人真正地去实施。但偶尔听说谁又在路上撞了他的车，让他啃了脏泥，或是装作不留意地从背后给他一掌，心里泛起的，还是带着点发泄的兴奋和快感。许多老师对我们这个班都不屑一顾，上课也是漫不经心，既然是差班，当然对我们的考学不抱什么希望，只要不是太乱太出格，基本上老师们是视我们为虚无的。这样的放任自流，让我们觉得有种无边无际也无着无落般的自由。倒是陈美微，依然把我们像好学生一样地管着，不给我们一点差班应有的权利和喜乐。

高二的时候，全县的中学举行一次大型的考试，陈美微说要亲自把关，摸出最真实的成绩来，哪怕我们全军覆没，但能告诉我们什么是真实，什么是对自己的良心负责，这次考试的目的，就达到了。我们皆觉得陈美微真是傻，像我们这样的差班，作弊能不考全县倒数已经是不错了，再有她来监考，那考试的结果不让她在老师们面前颜面尽失才怪。陈美微真的是铁了心要看我们的真实水平，五场考试，她从头至尾，眼睛始终是尖利的，几乎没有一个学生，敢在她如此厉害的视线下，作弊，甚至是歪一下脑袋。但在考试马上要结束的最后十五分钟里，突然有一个老师跑进来，一脸惊慌地朝她嚷：你儿子手指进了玻璃碎片了，校长打电话让你快带他去医院！陈美微的脸上，很明显地滑过一丝焦灼和心疼。但随即她又恢复了平静,说,麻烦您给校长打个电话,让我儿子在办公室等一会,我监考完马上带他去医院。

那一刻,我们心里没有丝毫的感动,许多人甚至在下面恨恨地白了陈美微一眼,想她真是大义灭亲,为了防止我们作弊,连这短短的十五分钟都不肯放过。但想到她儿子也正在遭罪,我们心里又有了一点点的快慰和平衡。陈美微最终坚持到了最后一分钟,没给我们任何抄袭的机会。卷子收起来的时候,陈美微脸上的平静,即刻消失得一干二净,她甚至忘了拿书包,便慌慌张张地跑出教室。

陈美微儿子的右手,最终因为时间的耽搁,留下了永远的残疾。那一年的高考,飞行员的梦想,自是破灭。而用左手来答的试卷,也让他连普通大学的录取分数线都没能达到。这是我们从没有想到过的结果,陈美微只不过想教会我们"诚实"两个字,但她却为此牺牲了自己儿子的前程!

许多年之后,我们那个班的学生,皆已经天南海北地混出了一番模样,但陈美微和她在家待业的儿子,却再没有一个人想起。听说一个曾经被陈美微无数次批过的男生,后来爬到了县里教育局副局长的位置,但在上报市高级教师的时候,却因为陈美微一点小小的瑕疵,毫不留情地将她删掉了。或许那个局长自有他做事的原则,但他在别人的说情里,依然公事公办地将苦口婆心教育过自己的老师,划掉的时候,有没有想过,那个被命运无情地落在了我们这些差生后面的少年?

但在那个少年手指上留下的伤痕,即便是已经愈合,自私和冷漠在我们良心上烙下的痕迹,又怎能那么轻易地就将我们宽恕?

我宁肯只是记住你的好

大学快毕业的时候，我去一家事业单位的宣传部实习。这家单位的效益很好，许多人连实习的机会都没有，我当然在进来后，拼命地工作和表现，希望在实习结束的时候，领导能看到我的成绩，将我留下来。

带我实习的是一个叫韩文的年轻女子，我称她文姐。看得出来，她和另外一个带实习生的叫张石的男同事关系很紧张，说话常常含讽带讥，彼此不留什么情面。有一次，两个人因为究竟该谁来写一份不署名也不记成绩的材料，脸红脖子粗地争吵起来。没人愿意出来劝架，都装作没听见，各干各的事。我终于觉得坐不住，站起来走到他们身边去，露出一脸谦卑的微笑说：两位老师，能给我个机会锻炼一下，让我来写这份材料吗？他们两个人几乎同时停下来，惊讶地看着我，韩文毕竟是反应敏捷，不失时机地炫耀一句：

还是我带的弟子勤快，小安，这份材料文姐就交给你了，相信你一定会做得非常棒，让领导看了高兴的。

本来一份对谁都没有什么价值的材料，因为我的插入，反而让韩文在领导面前得到了"带徒有功"的称赞，这是包括韩文在内谁都没有预料到的。也就是从那一天起，韩文似乎突然发现了我的存在。她对我做过的每一件事不再无动于衷，而是热情地给予鼓励和支持；又把一些能够讨好领导的工作让我去做，时不时地还会当着领导的面提起我的种种优点。这样的变化，我自然是记在心里的，而且，亦是无限地感激。一个没有丝毫背景的实习生，能得到领导眼中大红人的帮助和推荐，是我从没有奢望过的，而今，韩文却在我通往工作的道路上如此无私地举荐我，不论是谁，都不会漠视这份情义吧。

所以当领导将我叫到办公室，发给我一个红包，并暗示只要我跟着韩文好好干，就肯定会把我留下的时候，我心底的感动和喜悦几乎无以言表。我首先想到的，是请韩文吃饭。没想到韩文却是拒绝了，她亲切地拍拍我的肩，说，小安，这份钱你先留着自己用，我原来和你一样，也是一个人闯过来的，知道这其中的辛苦，没有一个支撑，在职场上混，确实很难，但也要记住，人先要帮自己，才能顾别人，这不是与情面相悖的道理。

这席话，我当时并不是非常明白，但我看得出韩文说这话时的表情，是真挚且诚实的，就冲这几句肺腑之言，我想如果有机会，我也会报答韩文，毕竟，她是我在将要走出校门时，切实给过我帮助的第一个人。

一个月后，张石所带的实习生没跟大家告别就去了另一家单位，听说领导已经敲定了最后的人选是我，只是还需要一段时间才能正式公布。但这个消息还是悄悄传了开来，我这个做事一向小心翼翼地实习生，终于被周围的同事慢慢接纳。在走道里碰见了人，总会有人主动打招呼，说：你就是新来的小安吧，听说文笔不错，好好干一定会比我们强哦。我照例谦虚地笑笑：还希望各位老师多多关照才行的。但我还是在这些细微的变化里，觉得开心，那种被人认可的快乐与荣耀，任我怎么遮掩，还是不经意地，从言谈举止里表露出来。

与韩文不合的张石，对我也突然地热情起来。虽然知道应该与韩文一条心，但想想既然以后会做同事，他对我也从没有过不敬，所以也以同样的热情回应他。相处之后，发现张石其实是个挺大度的人，只是他看不惯韩文的张扬与霸道，所以才处处与她作对。而且在韩文不在的时候，他还很诚恳地给我的材料提一些意见，让我的进步愈加的明显。

在我马上就要与单位签约的时候，领导开了一次例会。在会上，领导对我所做的成绩给予了很高的评价，最后又开玩笑似的来了一句：不愧是青出于蓝而胜于蓝啊，我看小安的水平比韩文和张石这两位老师都要强啦。众人皆在这句话后哈哈大笑起来，对面的张石也暗暗朝我伸了伸大拇指，但韩文的脸，却鲜明地难看起来。

第二天韩文便找来了麻烦。原因是材料中的一项内容，在初稿时被韩文划掉了，我在整理的时候没有问她也自行地删掉了，结果上报之后被领导撤了下来重改。本不是我的错误，韩文却当着众人的面朝我发了一顿火，说还没有正式留下呢，就骄傲起来，工作如此不负责任，将来还不知道怎样呢。我鉴于她的帮助，当着众人的面很诚恳地作了自我批评，且没有将她的话，放到心里去。但其后的几天，我的失误却莫名其妙地越来越多，甚至有一次将准备上交的一份材料给弄丢了，我明明记得放在韩文桌上的，韩文却硬是说没看见。这样接二连三的失误，终于被领导察觉。结果我不仅被狠狠批了一顿，还被领导警告说，如果再出现类似的错误，合同，还是别签了吧。

我在对我愈来愈冷淡的韩文眼睛里，终于知道自己在这个单位是待不长的，不如就此退出这场争斗的好。直到这时，我才真正明白韩文说的那句话：人先要帮自己，才能顾别人，这不是与情面相悖的道理。这是韩文的处世哲学，在她看来，她所做的一切，从头至尾，都是没有错误的吧。

我走的时候，是张石给我从领导那里开了一份成绩优秀的实习鉴定，他还给另一家单位写了推荐信，力荐我去工作。我在返回学校的车上，给张石发短信说谢谢。而后我又亲自打电话给韩文，我说：文姐，谢谢你在实习的时候对我的无私帮助和鼓励，我会永远记住你的好，真的。那边的韩文该是很惊讶吧，因为她只是尴尬地说了一声："不客气，祝你找到一份更好的工作。"便匆匆挂断了。

或许韩文永远不会明白我为什么在没能留下之后，还要感谢她。但我还是会像说的那样，记住她的好，忘掉她的自私，因为，即便是她的这份让我丢掉了工作的自私，也给了我许多的帮助，它让我在初入社会的时候，就学会了要擦亮眼睛，明辨一个人的是与非，且对一切的好，知道感恩。

等待秘密花开

她在吵嚷的学校食堂里,隔着小小的柜台看到他,便即刻失了语。

那时她刚刚高中毕业,父母没有钱再供她复读,她一句话都没有,便收拾了行李,随一个做厨师的亲戚,来到了北京。每天,她都会站在柜台后面,做着千篇一律的工作:盛菜,打饭,端汤,收钱。但她从来没有厌倦过,能够站在自己心仪的大学里,隔着柜台,看一眼那些比自己幸运的人,在面前穿梭来去,于她,已是一种幸福。而能够瞥见他们手中抱的一本本书,哪怕只看到封面,她的心里,也会激荡起层层的波浪,它们一次次地,冲击着她心灵的海岸,让她在一片喧嚣里,却始终觉得自己是一只鸟儿,有结实的翼翅,可以与他们一样带梦飞翔。

而当她的梦里,有了他的时候,头顶的那片天空,则愈发地明朗澄澈了。

她依然记得那一刻,他走到她的柜台前,敲敲玻璃橱窗,指指那份一元的土豆丝,而后将钱递过来。她接过那张带着他的体温的一元硬币,慌乱地看一眼他温和的面容。这是她第一次遇到自己喜欢的男生,那种感觉,像是一朵荒野里的花,在寒风里,忽然被一双手,温暖了片刻,欣喜中,便绽放开来。她也知道这样的绽放,是不合时宜的,那双手,不过是无意中碰触到了她而已。可是,所有的爱情,都是这样毫无预期地来到的吧?她只知道,那一刻,她不仅脸红心跳,不敢看他,甚至,为他盛了三两米饭,却忘了告诉他,只买一份一元的菜,是不能赠送任何米饭的。

其实,他是个很平凡的男生,常常穿的,是一套学校的校服,一双白色的运动鞋,但无论什么时候看到他,都永远是干干净净的,就像一朵天上的云,漫不经心地飘在那里,却不知道,那样的存在,有多么纯净。尽管从他每次买的菜上,她能够猜测出,他是来自于偏远的山区,父母没有多少的钱,可以让他在吃穿上,更讲究一些,但是她却固执地,欣赏他的这种素朴,安静。她永远都不会喜欢上那种衣着前卫,却满口脏话的男生的,甚至当他们毫无礼貌地冲她发脾气,嫌她打饭慢时,她会下意识地,少给他们一些。而他,尽管与他们一样,或许从来没有注意过她穿了什么衣服,头上戴了什么发饰,但是眼睛里,却始终藏着一股暖流。

这种温暖,只有她能够明白,因为,她正一步步地,逆流而上,而那股暖,也一阵阵地,拍打着她的手背,溅起细小的浪花。她知道他读工科,比她提前一年,来到这所大学。她知道每个周三上午的最后一次课,他一定是学的英语;而周五的下午,他会去球场上打球。他还在校园里,为一家书店打工。有时候隔着食堂的门,她会看见他骑着自行车,飞奔而过,她知道,那一定是他在去上课的路上。她一直觉得,他和那些各式各样的菜一样,是有味道的。他在她的心里,如一份清凉可口的沙拉,或者一盘碧绿的油菜,一碟清爽的泡菜。她喜欢这样简单的味道,胜过那些她无法奢求的山珍海味。那是家常的幸福的味道,不是所有的人,都能够品位出来。除非,她是在爱里。

是的,她已经在爱里,走了许久。而他,或许不过是将她当成,一个再平常不过的打工妹。他只是习惯性地,会到她的柜台前,打已经温凉的特价菜。或者在视线,与她相遇的时候,冲她和暖地笑笑。再或,走过她的柜台,却并不停留,只是将眼睛,淡淡扫过橱窗上的菜价表。她不知道他有没有觉察过,那些只有她才知道的秘密。她会故意地,将一两片鱼,放到特价菜的角落里,只等着他来的时候,装作不经意地,舀入他的盘中。而米饭,她从来都是给他多盛一两的。她知道他喜欢吃鱼丸,但因为价格,只每次将视线在上面停留几秒钟,便迅速地移开,但她却是每次都记得,为他在米饭里,藏一个小小的鱼丸。而菜的分量,必定是冒出勺子的,它们在勺子里,像她心里满满的爱,溢出来了。

但她知道,即便是她的爱,解冻的小溪一样,哗哗地流过他的身边,她也会小心翼翼地,不去溅湿他的脚。她知道自己的卑微,尽管,她偶尔听说,他是贷款读书的。可是,学校的大门,她可以进来,但从食堂到教室的二百米的距离,她却是永远也无法跨越,除非,她能与他一起,站在柜台的外面,哪怕,只是点一份最简单的土豆。

没有人知道她的这个向往，是如何的炽烈。它在她的心中，如一团火，熊熊地燃烧着。几乎每天晚上，她都会在别人躺下的时候，拿一本英语书，到走廊上去，借着微弱的灯光，看到梦神，温柔地过来唤她。日间的疲惫，因了这一段无人知晓却快乐充实的时光，而青烟般散去。她在来到这所学校后的第一个月，认识了他，却为此，付出了十一个月，来昼夜兼程地追赶着他。昔日那些难懂的习题，拗口的单词，总也记不住的文章，全都在她的心里，如一株藤蔓落在窗户上的剪影，被他这股温暖的风一吹，便即刻生动起来。

　　一年后的一天，她又在食堂里，遇到了他。他对着给自己打饭的女孩，疑惑不解地问道：你们食堂的菜和米饭，为什么比昔日少了呢？柜台前的女孩，散漫地瞥他一眼，便将盛米饭的盘子，扔在秤盘上，计量器的针，精确无误地指向2这个数字。他站在那里，呆愣了很久，才将手伸向盘子，扭头走向对面的餐桌。而她，就坐在同一个餐桌上，等着他的到来。

　　从食堂到教室的那段距离，她用了整整一年的时间。而今，她终于能够有机会，亲口告诉他，那一两多出的米饭的秘密，还有，她曾怎样深地，爱恋着他。

父辈的梦幻

我依稀记得年少时许多个夏日的傍晚,父亲都会在忙完一天的活计后,爬到平房上去,旁若无人地吹起他心爱的口琴。都是很老的曲子,他却吹得极其地认真,就像周围,正有许多忠实的听众,在侧耳聆听。那是他一个人的演奏会,我与弟弟们,在院子里笑闹着,时不时就学鬼,将彼此吓得尖叫声声;而父亲忧伤的曲子,就在这一阵阵袭来的声浪里,脆弱的海草一样,倏地被淹没了。直到我们玩累了,在凉席上鼾声渐起,那曲子,才重新像一湾浅浅的小溪,随了清凉的小风,缓缓漫溢过来,直至将我们的梦,浸湿了。

那是我见过的,最真实温柔的父亲。日间他的暴躁和冷淡,在那一刻,如阳光下的冰雪,音符一起,便即刻消融。母亲的唠叨,孩子的任性,劳作的艰辛,生活的琐碎,世事的繁杂,全在那动人的曲声里,暂时地隐退。他只是一个活得散淡自由的诗人,或是歌者,俗世的一切,都与他无关。但那时的我,并不了解父亲,只是觉得他有些不讨人喜欢的孤僻,爬到平房上吹口琴的目的,也不过是像母亲说的那样,逃避饭后的家务。所以常常奉母亲的命令,将他的琴声打断,或者干脆爬上平房去,将他那片静谧的小天地,吵个天翻地覆。他偶尔会呵斥我几句,但更多的时候,则是将琴声戛然止住,而后叹口气,起身下楼。

那把口琴,到现在,早已不知被弟弟扔到了何处。但我记得那曾是父亲的宝贝,我们兄妹几个,谁碰了,他都会大发一顿脾气,甚至我偶尔尝试着吹几下,他都像有洁癖似的,用毛巾擦了又擦。那是他与母亲一次吵架,出走到姑姑所在的武汉,带回来的礼物。一起带回的,还有一本厚厚的歌词本。记得封面上是一个妖冶的女郎,但里面的歌,却都是那个年代的经典。父亲读书的时候多才多艺,吹拉弹唱,样样精通。这样的艺术细胞,等我们相继出世后,便只剩了一个残留的尾巴。而且就是这样一点,也因为我们渐渐地长大,学费日渐地高涨,到最后,淡到只剩了这把口琴。

我16岁那年,父亲吹奏乐器的爱好,彻底结束。那时我晚上需要安心学习,而且有轻微的神经衰弱,任何的声响,到了我这里,都变成了让人头疼的噪音。母亲说过一次之后,父亲便忍痛割爱,不再吹奏。电视,当然更影响我的学习,他就是在那时,开始与村子里其他农民们一样,坐在村口,听人神侃。他永远都只是个听众,一个漫不经心的听众,看不出有多少的喜乐,只是随了别人,笑,或是蹙眉。那个在静寂的暗夜里,本应卸去日间伪装的男人,却是用外人的言谈,给自己罩上了更深的外衣。

那时我曾经偷偷看过父亲忘了上锁的抽屉,里面竟是有一本厚厚的日记，记录了许多琐碎的事情；最后一个日期，大约是我十岁那年的春天，不知发生了什么样的事情，让父亲的日记，戛然结束，是母亲的争吵？因为我记得最后一篇，是写母亲与奶奶的纠纷的，父亲的立场，当然是站在奶奶一边的。他自始至终，都是一个孝子，所以为了平息婆媳之间的战争，他宁肯将这夜间心灵的抚慰，就此打住。

再后来，父亲也曾努力培养过别的一些喜好，譬如编漂亮的草篮，看我和弟弟买来的小说，或是听收音机里的评书联播，但这样的爱好，始终都无法逃离世俗生活的冲击。日益加大的经济压力，让他最终，丢掉了一切，只留下那个日复一日劳作挣钱的躯壳。而这样一个奔波劳碌的男人，便构成了我对他大半生所有的记忆。那些与灵魂相关的瞬间，则不过是他历经的岁月里，一些极轻易便被人忽略掉的呓语罢了。

如今的父亲，想看电视，却很少能够找到他喜欢的节目；想要读书，却不过是几行，便眼睛酸痛；想要吹奏乐曲，牙齿都已经落光；想要出去遛鸟，却常常刚走出家门，就在车水马龙里，丢失了方向。他就这样在时光里，老成一个真正孤僻无助的男人，老到连与自己的孩子，交流的能力，都不再有。

而我们的父亲，亦是这样，在疼痛的挣扎里，将所有的梦幻与喜好，依依不舍又义无反顾地，交付于俗世的岁月。

看上去很美

读中学的时候因为家远,便住在县城的叔叔家。叔叔家的一个儿子叫峰,比我大一岁,但因为成绩不好,留了一级,便与我读了同一个班,并受我这学习委员的管辖。正是有大把好时光可供浪费的少年,所以两个人并没有因为成绩的高低好坏,而像大人们一样,彼此分三六九等,反而同来同往,嬉笑打闹,颇为投缘。

快高中毕业的时候,学校里频频考前模拟,峰的成绩,不仅被我远远地甩在后面,而且距离大学的门槛,也是一副遥遥无期的惨淡模样。叔婶就是在这时,开始将内心的焦灼与嫉妒,慢慢表现出来。终于有一天,在峰不过是因为叔叔提问的一个成语写不出来,而我却是脱口而出时,叔婶心底的怒火,喷薄而出。叔叔几乎将峰的书包全部烧掉,而婶婶,则拿了鸡毛掸子,追打着峰。我想要阻拦,却被叔叔推到一旁,并在后退时,被椅子绊倒在地上。听着峰的鬼哭狼嚎,我的心里,突然像是被婶婶的掸子抽过,有尖锐的疼痛。我终于明白,叔婶的暴怒,其实更多的,是因为优秀的我,用四射的光芒,刺伤了他们的眼睛。

那年高考,峰赶上扩招,勉强花钱上了省城一所三类大学,而我,则进了同在省城的全国重点大学。我和峰,当然还像中学时那样,在放假的时候,同来同往。有时候彼此的父母来了,两个人也是一同去见。我一直以为,我和峰也像别人认为的那样,如同亲的兄妹,没有嫉妒,也没有隔阂,哪一个有了成绩,都会由衷地觉得骄傲。可是慢慢地,我便发现,两个人关系再如何的亲密,我们终究,还是因为不是同一个父母所生,而有这样那样的微微的嫉妒。

我那时凭借稿费,已经完全可以养活自己,而且能够有充足的剩余,可以将稿费寄给父母,让他们不仅能够觉得宽慰,而且在亲朋面前,有足够炫耀的资本。而峰那时却是因为奢侈浪费,成为亲朋口中败家子的典型范例。他还时不时地惹一些祸出来,譬如与人打架砸碎了学校里的门窗,或者又跟某个男生为女孩子争风吃醋,闹得满城风雨。几乎是每隔几个月,叔婶便会因了这样那样的原因,被学校请去,替峰在老师们面前赔礼道歉。而因此花下的钱,当然更是无法计算。

这样的差异,尽管叔婶口头上并没有说,但心里却是很不舒服,尤其,是在我将钱打倒在邮局上班的叔叔卡上,让他代不识字的父母取钱的时候。我是后来才听母亲说起,一次叔叔笑着帮母亲取完钱,又带着毫不掩饰地羡慕夸奖我是个懂事的孩子后,旁边有一个顾客提醒叔叔快点办汇款业务时,他莫名其妙地就冲人家发了火,还差一点与人打起来,以至因此还被单位扣发了当月奖金。这样的冲动,他后来在帮母亲取钱时,又有过几次,尽管外人看不明白,以为他真的是因事而起,但我与母亲,却都猜出了叔叔心中充溢的无奈与苦涩。

我大学毕业的时候,找到一份高薪而且稳定的工作。那时的峰,虽然也已经大学毕了业,却因为补考超过了三次,而失去了学位证书,最后又因毕业前惹是生非,差一点连毕业证也给弄丢了。而他的懒惰与啃老族的习性,使他错过了最佳找寻工作的机会,这样一直拖下去,终于成为让叔婶头疼的待业青年。

按照规矩,寻到好归宿的我,本来应该在家族内摆上宴席,大肆庆贺一番的,但我与家人,却在外人问起时,都选择了含糊其辞,只说,是一个普通的事业单位,也就勉强能够养活自己而已。这样的谎言,让父母在亲朋面前有些尴尬,但却是悄然缓和了与叔婶的关系;就像,我与峰,又回到了一起读中学时的时光,大人们之间彼此信任依靠,而我与峰,亦是没有利害关系的亲密兄妹。

只是,看上去很美的花朵,很多时候,常常将我们靠过去的手,无情地刺得很疼。

忘记一粒沙子的温柔

曾经在一所中学,做过一年的老师,彼时刚刚大学毕业,满怀了一腔的热情,几乎将全部的精力,都投给了那些青春年少的学生。那时一直认定,只要自己有一颗足够温暖柔软的心,再怎么劣迹斑斑的学生,都会被自己感化,并在此后漫长的人生中,记住曾有这样一位老师,在迷惘的十字路口,给过他无私的指引和扶助。

我记得那时几乎耗尽了平生的气力,备课时从来不会偷懒,直接从教参上拷贝,而是像采撷缤纷花朵一样,在鲜亮的校园生活中,将60个孩子最美的瞬间,融入每一个英文例句、单词、幽默小品。每一次上课,我都像一个导演,领着这一群优秀的演员,尽享45分钟的舞台光芒。我依然可以清晰地记起那些孩子可爱的伎俩,他们故意在我巡查晚自习的时候,小声说笑,以此换来我在凉风习习的走廊上,给他们开的思想小灶;他们还会拿刁钻古怪的题目难为我，并用错误的答案误导我，以便看我上当后的窘迫；有时候他们站起来造句，会狡猾地问我最近有没有收到男友的情书，而后在哄堂大笑中，看我满面羞涩的桃红。

大多数时候，我纵容他们的任性无礼、小奸小坏，并期望能用关爱，温暖他们偶尔迷失的心灵。但还是会伤心，失望，对那些个性鲜明到无法调和的孩子，充满了深深的无助和倦怠。甚至，很多次，下定决心，要像周围的老同事一样，不再斤斤计较，只要成绩高高在上，他们的品德和言行，又与我有什么相关呢？毕竟，所有的评选，成绩，总是一个具有决定性意义的砝码。

那年的秋天，为了加深对一篇课文的印象，我突破重重阻碍，终于成功申请到带他们出游的机会。行前许多老教师叮嘱，说，如果有了矛盾，一定记得，板起面孔，不要吝惜任何力气教训他们，否则，你不让他们流泪，他们会让你流。我当时只是笑笑，想，哪有那么严重，平时上课，也未见他们放肆到哪里去，一次出游，又能有多少造次？顶多，是在我给他们拍照的时候，拥挤着要抢占最佳地理位置罢了。

可惜，在刚刚抵达车站的时候，我便发现，一切，并不像我想象的那样简单。因为一辆巴士坐不下那么多学生，势必要有一些人，需要站一个小时，或者，坐在巴士准备好的矮小凳子上。于是许多有"主见"的学生，便自作主张，要等半个小时后的下一辆巴士。我立刻着急，说：那怎么行，我们是一个集体，不能有任何人，单独活动。一个高个子男生便在后面嚷：老师，你们是大部队，我们是小分队，我们很快会与你们"井冈山胜利会师"的！周围人一阵大笑，开车的师傅却无心听我们闲扯，催促道：你们还走不走,知不知道每耽误一分钟,就让我少赚很多钱啊。

　　我最终软硬兼施,"威胁"他们说,如果谁不服从命令,我们这次出行,立刻取消。这一句,终于让那些学生,一脸不情愿地上了车。但上车后并没有安静,许久都没有出游的他们,像是飞出笼子的鸟儿,欣喜若狂,忽而高歌,忽而大吼,忽而吵嚷,忽而将头伸出窗外去,朝路过的车辆挥手。

　　其实那时我也不过是个22岁敏感脆弱的女孩,对于这群十六七岁的孩子,并没有多么强的掌控力。但出于一个老师的职责,我还是将自己扮成一个力大无穷的水手,载着这些兴奋到忘记危险的孩子,小心翼翼地驶过险滩、急流、漩涡、暗礁,冲向那险境重生的彼岸。

　　那真是一场心智的较量。60个孩子,60颗古灵精怪、损招频出的心,当它们一起发射过来的时候,我几乎是无力可挡,任凭它们嗖嗖地,穿越密林,击中我最致命的胸口。

　　那次出行之后的很长时间,我都不愿意回忆种种让我感伤的细节。我不知道为何课堂上相处融洽的我们,到了山野,那股聚合的绳索,便节节脱落。女孩子们三五成群地闹小团体主义,不过是一个转身,爱冒险的男生们便不知跑入哪一个岩洞;我行前设计好的路线,到了目的地,偏偏有那么几个人,吵闹着说不好玩,要另行修改。我绞尽脑汁,低声下气,循循善诱,声嘶力竭,差一点,就在一个女孩子的抱怨里,落下眼泪来。但即便是如此,却并没有多少人,领情,或者,说句安慰的话,那一群没心没肺起来,几乎是无情的孩子,他们尽情撒欢的时候,并不知道,我在背后,已经心神俱疲。

　　但我却因此,记住了他们每一个人生动的面容。一年后我辞职读研,临走前他们上课,我站在窗外,驻足许久,我知道尽管自己的热情，已经渐渐减退，如果继续教下去，或许过不了几年，也会和办公室里其他同事那样，成为一根蔫掉的黄瓜；可是，当我这样凝视他们年轻的面容，我还是明白，不管他们如何惹怒过我，我依然会将他们，深深铭记在心中。

几年后我在街上，偶然遇到一个曾经冒险开辟新路，被我狠批一顿地学生，我一开口便叫出了他的名字，而他，却是迷惑注视了我许久，才在提醒下，想起我这个只教过他们一年的英语老师。当然是没有多少的话说，尴尬之下，只谈谈彼此的近况，和一些学生的去向，便匆匆告别。是落寞走了一程，才想起，我们都没有索要彼此的手机号码。

彼时我几乎无法接受，当年如蜡烛一样，无悔燃烧的自己，怎么就被他们给忘记了呢？我为他们做的十年梦想卡，还认真地收藏着，却不想，时间只过了一半，那卡上的人，却是完全不记得我当年炽烈的情感。

后来有一天，我去海边，在沙滩上，看到一双双年轻朝气的脚，跑过岸边，它们所过之处，总是会溅起许多沙子，并在沙滩上，留下深深浅浅的脚印。而那些奔跑的脚，却很快，便忘记了那承载过它们的沙子。

可是，时光的海水冲刷过来，掩盖了行过的足印，但那些温柔的沙子，却依然会记得，曾经踩着它们飞过的，双脚的温度。

而一个老师，原也不过是承载千千万万个学生，奔赴远方的一粒沙子，会不会被记得，原本，并不那么重要。

重要的，是我的心，不会忘记年轻时候，那份曾经澎湃不息的热情。

天真主义

7岁的小表妹,爱美,不仅与人比糖果的丰富,画书的多少,衣服的华美,还总在镜子前,模特般摆一又冷又酷的姿态,与去串门子的人一争高低。大家都相让于她,并不去跟她计较什么美丑,任她在镜子前站定片刻后,下一还是自己最美的定论,得意而去。

后来家里寄居一远房亲戚家的女孩,长表妹一岁,也是不甘人后的个性。于是两人经常争来抢去,在很多鸡毛蒜皮的小事上,都不肯相让。大人常常对表妹谆谆教导,要与人为善,有主人的风范,不可与朋友斤斤计较。表妹不懂主客之礼,自然也不理会大人的苦口婆心,依然是吃饭的时候,跑着去坐自己可爱的小熊座位,用明黄的小碗,和橘红的汤匙,还霸占着遥控器,看自己喜欢的动画片。

但小表妹还是有一天生的缺陷,就是皮肤太黑,不管用什么东西涂抹，那黝黑，都透亮地将她整个人，从上到下地敷着。她自然不知道这社会崇尚皮肤白皙的美女，也不懂得广告里天天做着的美白面膜与护肤品，对女人有多大的杀伤力。但每次当她被亲戚家女孩得意扬扬地拉到镜子前，比谁的肤色更白的时候，她的自尊心，都会像那腌了的黄瓜，刚刚还是顶花带刺的鲜嫩一条，瞬间便没了骨架，整个蔫了下去。所以每每亲戚家女孩与小表妹争夺不过，便会拉了她朝镜子前一站，张扬道，来，我们比比谁长得白。只这么一句，小表妹的嚣张气焰即刻连点火星子也迸不出来，一路跌落下去，再也拾不起来。

后来有一天，小表妹又被女孩拉去比白，见我在这儿，便哭哭啼啼，说女孩欺负她，明明知道比不过，还几次三番让她出丑。看着她黑得发亮的皮肤，我笑，而后附在她的耳边，小声道，咱不跟她比白，咱今天跟她比黑，看谁黑过谁！这一句果真是有效，让小表妹即刻茅塞顿开，跳将起来，高傲地一甩额前碎发，便走到女孩面前，嚷道，今天咱们比谁黑！于是不由分说，便将女孩拉到镜子前，嘻嘻笑着掀起可爱的小肚兜，露出自己黑宝石般的小肚皮。我在客厅，看着对面镜子里，犹如清水里卧着的两块黑白分明鹅卵石的小女孩，一个天真嬉笑，一个任性翘唇，不由得扑哧笑出声来。

本以为小表妹此后会醒悟我这骗人的招数，知道还是白对人来得更加实用，于是继续深陷在那小烦恼里，走不出来。可是7岁的小表妹，自此却是执拗地，认定黑也是一种骄人的资本，可以让自己将白皙的公主打败，并享受一下黑美人的华贵与骄傲。她几乎是每有人去，便要将人拉至镜子前，炫耀似的与人比黑。并在鲜明的对比里，有打了胜仗的开怀。

这让我想起一次聚会，两个彼此熟识又彼此不屑的女子比拼，说到自己所穿的衣服牌子，一个坚持称国内的顶级品牌并不比国外的差，一个则傲慢宣称有品位的人从来都只选择国际路线。最后两人拼来比去，还是奉行国际主义者略胜一筹，以价格的优势，让国内主义者败了下风。

但是至此两人却是交了恶似的，在公共场合互相拆台，彼此嘲讽，丝毫不会来点我家小表妹的天真主义，比谁的衣服质优价廉，或者谁更环保，或者爱国，并将此路线忠贞地一走到底。

人的成长，大约就是这样一个过程，逐渐地祛除那些天真的傻气与稚气，不再执拗地坚持自己的路线，而是渐渐混入人群，犹如一滴水，融入海洋，此后随波逐流，哪管什么个人的喜好，大众的潮流的昂贵的，便是时尚，便是衡量自身价值之圭臬。倘若有谁离了这线路，出了轨道，大抵都会遭人诟病与嘲笑。犹如，我那因为比黑，而被成人们笑话一样屡次提及的小表妹。

而当我们蝉一样褪去青涩的壳，那天真主义，也便藏在童年枯干的壳里，成为回忆中，一个烟灰色的笑料。

有多少事能够重来

我们在一生中,有多少事,需要用俗世的橡皮擦去掉,再重新写过呢?

读书的时候,你天天逃课,去录像厅看劣质的录像,或者在卡拉OK厅里抱着麦克风与狐朋狗友们干吼,你以为毕业遥遥无期,上一次的考试也才刚刚结束,而此起彼伏的青春痘里,也全是消耗不尽的旺盛荷尔蒙,于是你上课的时候瞌睡,下课的时候则做了苏醒的狮子,四处惹是生非,又抱怨那个不拿你当回事的任课老师,觉得为他完成一次作业,真是冤屈。

等到考试真的来临,你这才觉得大难当头,于是临时抱佛脚,希望能够有所挽回。你甚至动了要作弊的想法,以免考得太糟回家吃老爸的鞋底。于是你偷偷地制作你的"葵花宝典",并自以为聪明地将之放在袖筒里。可是第二天,还没等你打开试卷,袖子里的葵花宝典,就神不知鬼不觉地溜了出来,而且恰好,落在监考老师的视线之内。于是你只能自认倒霉,而将试卷从头到尾扫过一眼后,你心里更加的懊恼,因为所有你写在宝典上的题目,都出现在了试卷上,可是,你恰恰一个都没有记住。

最终的结果,是你不得不参加补考,将那些别人早已经吸收了的知识,重新一个个地记住,并老老实实地填写在补考的试卷上。

你也曾有过一段美好的爱情,那个女孩温柔可人,你在认识她最初时,在心里发誓,要一辈子爱她宠她宽容于她。你也的确在热恋的时候,一心一意地呵护着玉石一样的她,似乎怎么爱她都是不够的。甚至你在宿舍哥们的嬉笑里,为她洗例假时的衣服都不觉得难堪。你以为自己的这股热情,会毫不厌倦地持续下去。可是有一天,你突然发觉在一次晚会上遇到的那个女孩,有比女友更娇美的容颜,而且她不会拿这样那样的问题,时时地烦扰于你。她自信,优雅,又妖媚性感,全然不同于你那个孩子气的小女友。

于是你开始撒谎,频频地约会新的女孩,并随着时间的流逝,觉得这一段感情更加的真实。你不介意女孩花钱时的大手大脚,反而觉得她这是不拘小节,不似女友打车都觉得心疼,非要步行与你去某个地方,还说这是浪漫。你也不介意女孩有些轻浮的举止,反而认为这是她的魅力所在,倒是那个小女友,缺少一点成熟女子的媚惑与风姿。

最后,你的女友终于发现了你的秘密,很坚决地,与你分了手。而当你转头向新的女孩求爱时,却遭到拒绝,原因是你太穷,又暂时看不到前程,不能够让她觉得安全。是到这时,你才发现,昔日的那个女友,是多么可爱,她从没有给过你任何的抱怨,她一直鼓励你，可是你却全将这样的关爱，当成了唠叨，并轻而易举地，被更新鲜的女子俘获。可是，这样的错误，你除了在此后新的爱情里学着修正，却再也不能够弥补。

而你的总是唠叨着你的父母，你在年轻的时候，常常是厌烦他们的管束，觉得他们说的每一句话，都是多余。你读书时就立下宏愿，要去离家很远很远的地方，要远离父母的盯视。而且你深信自己是只勇猛的大鸟，没有了他们的护卫，照样可以闯荡天下。于是你故意地与他们作对，他们让你行东，你偏偏走西；他们告诉你要对上司敬重，你却是轻狂，屡次炒上司的鱿鱼；他们告诫你要对所谓的哥们添些戒心，不要随便就与他们掏心掏肺，你听了则笑话他们谨慎如过街老鼠。

你在俗世间跌跌撞撞，被一次次辞职失业搞得焦头烂额，最终发现只有脚踏实地，跟人友好相处，才能在事业上游刃有余。而那个曾经说要与你肝胆相照的哥们，骗了你一笔钱之后，便断掉了与你所有的联系方式。至于那些你故意行错了的路线，除了原路返回，你别无他途。

是到这时，你才想到了父母的好，并试图以某种方式，向那些因年少无知而给他们带来的伤害致歉。可是，你却再也找不到重新来过的路途，因为他们早已带着对你从未停歇过的爱，永远地离开了这个尘世。

你终于意识到，原来人生，并不是一盘在下的棋，走错了，可以向对方耍赖，重新退回再选。很多时候，我们常常连擦掉过去痕迹的橡皮擦，也不能够找到，时光的洪水，便将那来时的路，无情地淹没掉。你隔着苍茫的洪水，除了慨叹，再无计可施。

听话的孩子没糖吃

喜欢在人多的时候,突然间发出尖叫,然后边装作什么事都没有发生过,边得意享受所有人都回头看我的视线,并自私地想,那个依然认真做事的男人或者女人,是不是耳聋,这样高的分贝,为何都不能引起他(她)的关注?

这是18岁以前的我。那时我在人群里,犹如一株长在庭院里的玉米,或者棉花,因为不合时宜,而基本不会被人注意。大人们忙,丢给我钥匙与零钱,便为所谓的辉煌前程,而奋力奔走。我在他们屁股后面,看着那些凌乱不堪的脚印,知道不管自己如何的用力,都不会将它们掩盖,或者擦掉。我想要和邻家的孩子一样去游乐场,于是小声地向妈妈请求,又讨好似的帮她洗碗,她却瞪我一眼,抱怨我的插手,给她带来了更多的麻烦,并对我的请求,答复以不置可否的沉默与冷淡。我还想知道为何夜晚的萤火虫会提了灯笼不倦地飞行，是要寻找朋友，还是为其他的昆虫照亮路途，或者故意捣乱，将宁静草地上的许多小梦吵醒，就像我常在父母午休时做的那样？

可是父母根本不屑回答我的问题，他们将我这个小小的人儿，当成毫无思想的小狗小猫，只要吃饱喝足，便自动跑到阳光里眯眼小睡，或者等着主人闲极无聊，给予慵懒的爱抚。他们常说，大人的事小孩子别管，或者说，等你长大了就懂了。我以为只要听话了，就能赶走心内的孤单，或者换来与大人们平等的交流，可是我发现一切都是徒劳，当我成为父母的好孩子，或者老师们眼里的三好生，我依然有无法排解的孤单。就像，那把始终挂在脖子里的钥匙。

我就是在这时，学会了尖叫，并努力地挣脱掉那顶被大人们扣上的好孩子的帽子。我在想要达到某个目的的时候，故意不好好吃饭，一只眼盯着碗里流光溢彩的鸡腿，一只眼看着大人阴晴不定的脸色。我等待着他们抄起笤帚，将我追赶得鸡飞狗跳，可是什么都没有，他们并没有真正地动怒，甚至当我尖叫之后，妈妈还跑过来，关爱地抚摸一下我的额头，看是否生病烧出了脾气。而我向来听话懂事的姐姐，则因为吃红烧肉时没有出息地吧唧了一下嘴巴，而被哄劝我吃完饭便去电影院的妈妈扭头训斥了一句。

我发现这一招真是有用，当我想要新衣服的时候我尖叫，妈妈会忙不迭地放下手中的活计，安慰我说等忙完这阵便带我去城里选购。当我生病的时候我哭闹不止，妈妈便会焦急地边催促爸爸去找医生，边将家里藏着的招待尊贵客人的点心拿出来给我；而姐姐，则只能躲在门口，偷偷流着口水看我大嚼大咽，又将点心碎屑弄得满枕头都是。当我知道考试不会有好成绩,我便故意离家出走,将父母老师吓得心惊肉跳,等看我完好无损地出现在他们面前,才长吁一口气,并如愿以偿地给我一句,考试结果无所谓,只要人安全回来就好。而当我为这样的计谋得逞而窃喜的时候,我那可怜的三好生姐姐,则因为考试倒退了一个名次,被爸爸惩罚,不能看最新播出的动画片。

当我有一天,终于被父母定义为坏孩子,我发现我不仅没有失去我想要的糖果、玩具和华衣彩服,而且比听话的姐姐,得到的更多。我可以肆无忌惮地给父母提各式的要求,而不会被认为过分,因为,只要我能够做到优秀姐姐的一半,他们就已心满意足。

一路走来,我总是比姐姐得到更多的关爱与照顾,姐姐成绩优异,无须人的督促便可以完成所有父母想要的心愿。她可以成功拿到最高的奖学金,可以在不该早恋的时候自动杜绝一切男生的示好,可以体谅父母的辛苦而天天穿着让青春黯淡无光的校服,可以顺利考入名牌的大学,并勤工俭学自己挣取学费,可以在激烈的竞争中为自己谋得一份高薪的职业。而我,却是被父母赋予最低的期望,只要健康安稳地成长,大学与工作,皆可以放低一个档次。

后来有一天,我和姐姐一起回家,我们将给亲朋好友买的礼物,一一分发下去。每发一份,便会换来一声尖叫,大人们纷纷说,瞧,那个总是给人带来麻烦的小孩,竟然有这样繁花似锦的今天!所有的人,都将夸赞与拥抱,热情洋溢地给了我,而那个从小便没有让人失望过的姐姐,则再一次,被忽略掉,成为我尖叫人生里的一抹安静的陪衬。

姐姐说,一直以来都有高处不胜寒的孤单,我以为只有飞得更高，才会被人关注，是到今天，才明白，听话的孩子没糖吃，一路走来，恰恰是那些如你一样，在尘世里被贴上坏孩子标签的落伍者，因为引人瞩目的尖叫，招来外人的关爱，并分到了旅途中，最闪亮的那块糖果。

当卑微转身

他是我认识的一个兵,从农村里来的,入伍四年,为了节省路费,几乎没有回过家。没人知道他把省下的钱,都做了什么。因为他那么老实,不会送礼讨好任何人,所以有时候本该他得的荣誉,也曲折地转给了别人。他似乎从没有计较过,照例在部队里抢着去做最脏最累的活,而后一脸微笑鼓掌看别人上台领奖,掌声响亮到台上的战友,可以很清晰地听到。

都以为他是永不会争名夺利的老好人,便都不怎么重视他。却是有一年,班长告诉他,那份三等的功勋章,或许又要错过时,他腾地从板凳上站起,大声地说:不!这样的一声拒绝,让所有人都狠狠吃了一惊。而后大家便略略不屑地私语道:原来他也是个喜欢功名的人啊。他不理会任何的风言风语,很执拗地去找排长,然后是连长,营长。甚至,最后他说,如果他依然得不到这份荣誉,他会继续找到首长那里去!

那枚功勋章,最终被他争到。只是上台去领的时候,几乎没有人为他鼓掌。他站在台上,还是在别人的鄙薄里,哗哗地流下眼泪来。至此他再没有人喜欢,那个曾经许多次将荣誉错过的农村兵,因为这样一次讨要功名的事件,永远地给自己当兵的生涯,抹上了一道污痕。是许多年后,这个兵已经退伍,不知去向何处,偶尔听他家乡的一个战友闲谈,说起他之所以那样急切地去索要那份荣誉,只是因为,他的父亲,得了绝症。他一次次将攒下的钱,寄到家里,却依然没有挽回父亲的生命。而他那么倔强地去争取一份荣誉,只不过是希望父亲在闭眼离去的时候,能够因为这个终于给家族带来荣耀的儿子,多一丝的骄傲和快乐。

我认识的另一个男人,是我曾经采访过的一个民工。当时我和同事因为口渴,在附近买了一大瓶可乐,就边喝边与他聊起来。聊到最关键的时候,这个男人看着我们的瓶子突然说,除非你们能把这半瓶可乐给我,否则我就拒绝继续回答你们的问题。我和同事面露不屑地相视一笑,即刻将可乐给他,以便换取他的合作。但是心里,早已经充满了鄙薄,想,终究是乡下人,连城里人的一瓶可乐,都想着法子去讨。

等我们采访完,路过一个拐角的时候,又看到那个民工。他正吃力地将一个胖胖的女人,抱出木板搭建的窝棚,而后把她放到一个破旧的木椅上。看她空荡的裤管,知道定是一个残疾的女人。看得出她是靠做一些手工来挣钱的,因为男人在抱着她的时候,她的手里,依然在不停歇地飞针走线。而后我便看到男人变戏法似的,从怀里掏出那瓶讨要来的可乐,微微笑看着女人迟疑地一口口喝下去。

我和同事终于没有勇气,继续看下去,转身默默走开了。或许那个男人会骗他的女人,说这是一瓶自己加班买来的可乐,或许他也会对她说,是好心人免费送他的;亦或许他还会骗她,那少掉的半瓶,是自己提前喝掉了。可是在那样一个阳光充裕的秋日午后,那个男人的心计和虚荣,还有那份如此卑微的爱情,却是那么强烈地,震撼了我。

终于明白,这个世界上,原没有什么绝对的高尚与低贱。某些在我们世俗的眼睛里,看起来卑微可笑的言行,或许转过身,便是让我们为之深深动容的一份真情和爱恋。

良知

这是许多年前的事了,可是,我无法原谅自己,对驰曾有过的无法弥补的伤害。

驰那时候读高二,在我教的几个班里,他卑微得似一粒草芥,被一阵风吹到阴湿的角落里,便开始了无声无息地生长。他是那种既不被老师们注意,也不讨同学喜欢的男生。长得粗糙,言语也笨,学习不好,又无特长,除了干活的时候,几乎很少有人再会想起他。他的名字,似乎从一开始,就被老师们给自动删除掉了。因为,他那可怜的成绩,对各科老师们评优或是算排名的先后,不会有任何的帮助。他差不多总是在50名左右徘徊吧,而学校对老师们的评估,是只到40名学生为止的。他的名字,连同他的人,都像是粉笔无意中在黑板上滑过的痕迹,无须去想,即可以随手擦掉。

这样的学生,我当然也不会喜欢。上课,几乎想不起去提问;

即便是碰巧视线落到他的身上，也会脑中空白一片，完全忆不起他的名字。他给我最初的印象，是在黑板上默写英文单词，十个单词，只对了一个。我朝他发了脾气，他低头不语，然后看我四处找寻黑板擦，便轻轻从地上捡起来，动作极轻柔地，将黑板擦得干净光洁，且了无尘迹。而最后的印象，则是他原来会写一手潇洒劲道的钢笔字。也恰恰是这些我曾经偶尔夸过的字，让我再无法将他沉默瘦弱的身影，从记忆中，彻底地抹去。

犹记得那是一节英语晚自习，因为有事，我晚去了一会。当我决意从教室后门进去，来场突然袭击时，还是有聪明的学生，发现了我，且动作迅速地，将手里的课外书塞进桌洞里去。听到稀里哗啦地换书本的声音，我已是心内不悦，但无奈现场抓不住把柄，只好将气愤暂且咽下。正在郁闷前行时，无意中便瞥到了在一张印了玫瑰的信纸上，专心致志写字的驰。他显然因为太过投入，没有看见身后的我。我压抑着的怒火，终于被他的漠视瞬间点燃。我啪地从他手中将信纸夺过来，看也没看便朝他吼道：在英语自习练习汉字，这么好学，怎么也没见你们语文老师喜欢你啊？！驰在我无法遏制的愤怒里，终于害了怕，极小声地说道：老师，我……我不是在练字。我在他的"招供"里，不耐烦地朝那张信纸看了一眼，然后，我无比惊讶地发现，这竟是一封情书！而且，是写给邻班一个被学生们称为校花的女孩子的！我当时大约是气晕了吧，竟然忘了，遇到女孩便会脸红的驰，从不敢单独与女孩说话的驰，怎么会有可能，写情书给一个骄傲得连老师都不爱搭理的校花？我只是冷冷地朝驰点一下头，说：好，驰，早恋这件事，我想该移交给你们班主任才是。

那封还没有写完的情书，就这样被我无情地交给了驰的班主任，而且武断地传达说，一个连早恋这个英文单词估计都不会写的学生，还有闲情逸致去写情书，真是无药可救了。那时候的学校，正在怂恿老师们树立几个优生和差生的典型，以便起到鼓舞士气和杀一儆百的功效。而拙于言辞的驰，就这样被流言蜚语，赶到凶猛的浪尖上去，无法返身。在这期间，没有一个人，出来为驰说一句好话。他周围的同学，要么幸灾乐祸，要么事不关己地继续埋头读书。而我，亦忘记了一个老师，所应具备的，对学生最基本的宽容和关爱。我只是固执地认定，一个如此蠢笨的学生，不该有丝毫早恋的念头，一旦他做了，那就不可饶恕。

驰很快地被树为反面的典型，全校通报。一直寂寂无闻的他，突然间便成了学校的焦点。按照惯例，驰的父亲，也被叫到学校，接受近乎残酷的舆论的检阅。是一个同样低到尘埃里去的普通男人，做一份毫无保障的下井挖煤的活计，见到老师，也和驰一样，有要躲掉的惶恐和不安。驰那天是被父亲拉着出门的，我站在窗口，看见他们一前一后地在喧嚣的校园里，寂寞地走着，突然就觉得有些微微的难过，想，是不是我处理问题的方式，太过于粗暴？

就在我还没有来得及反思的时候，就有一个学生写纸条告诉我，驰，退学了。纸条的最后，又迟疑地加上一句：那封情书，其实，是驰帮一个男生抄写的，因为，他写的字，真的很好……

我几乎是震惊，然后终于模糊地记起，驰的手边，的确是有几张字迹潦草的信纸的。可是，我却是连驰申辩的机会，都没有给，就转身给他贴上了恶劣的标签。但并没有任悔意无边地滋长，我只是将那张匿名的纸条，悄悄地撕掉，就再不让自己想起有关驰的一切。

没有人再对我提起过驰，他的离开，跟他的到来一样，没有任何人注意。空掉的书桌，很快被一旁的学生补上。我以为自己也会像其他老师们一样，冷漠地将驰的作业和名字，从记忆里一笔勾掉。可是，我努力了许久，才发现，一切都是徒劳。当我漠漠然地扫过他坐过的书桌，当我在学生的档案里，又看见驰的名字，当我迎面走过那些新鲜活泼的学生，当我听见同事们谈论起某个可以列入"放弃"一栏的差生，我的心，即刻会被一种莫名的疼痛击中。我终于知道，我的良心，开启了惩罚的大门。

几年后，驰那一批毕业的学生，回来看我，我们漫不经心地，又谈起了驰。说起当年他们班主任，其实也明白驰根本不可能写情书给谁，但还是听信了我的一面之词，打断驰结结巴巴的解释，且最终逼迫脆弱的驰，做出了退学的决定。曾经想，如果当初，我理智地考虑一下；如果驰的同学，及时地将真相转告给我；如果驰的班主任，可以耐心地听完驰的解释；如果我在得知真相的时候，丢掉自己为师的颜面，请驰回来；如果周围的老师，不添油加醋地将一切鄙薄，都加给驰，那么，如今的驰，至少可以有一份平和向上的心态，做一个庸常却幸福的凡人吧。

可是，这个因为成绩不好，就被我们这些老师不屑一顾且横加指责的孩子，却是因此，开始漫长的自闭的道路。而岁月，也终于在此时，让我看清了良知的尖锐和无情。

那些消耗着生命的手续

你还没有降落到这个世间的时候，就开始为了生命而历经一道又一道的手续。

你的爹妈这时要按照规定，去领一张准生证，这是你降临到这个世间的第一张门票，有了它，你就能够像爷爷奶奶有了老年证一样，可以免费进入家门口的公园里锻炼身体。为了这张证，你的爹妈要请假去相关部门，还要提交各种各样的证明，以便让那些一本正经的办事人员，相信你的出生符合计划生育政策的各项条件。假若你上面有个残疾的姐姐或者哥哥，你的爹妈还要让人确信这完全属实，而不是像有些暴发户，为了讨要一个传宗接代的儿子，将健康的第一个孩子，谎报成残疾。

等你在老妈的肚子里待得不耐烦了，迫不及待地呱呱坠地，老爸还要四处奔波，为你申报户口，让你以"人"的形式，出现在这个家庭的户口本上。如果这时你的爹妈在不同的地方工作，他们还要开个家庭会议，为将户口落入哪儿更有利于你将来的读书成长而绞尽脑汁。等他们决定下来，让你跟随在大城市工作的爸爸，你的户口，并不会就此一帆风顺地落下，或许会有这样那样的条条框框，让你的户口问题悬而未决，爹妈于是托爷爷告奶奶，找亲朋好友帮忙，最终成功解决了你的户口，从此你成了一个生活在此地，户籍却在彼地的合法公民。

待你到了读书的年龄，爹妈需要为你办理入学手续，你不幸年龄差了一个月，被学校的政策死死地卡住，眼看着不能与同龄的伙伴们一起背上书包去学堂，你英勇的爹妈又发挥各种辛苦经营下的人脉网，送礼给威严的校长，终于赶上了入学的末班车，没有让你在玩具堆里继续沉溺上一年。此后的每一次入学，中考，高考，毕业，你都要按照程序去注册，填写各式的表格，或者因为名字里一个用错的字，而与很多人打着交道。

后来你工作了，在一家事业单位做最底层的小科员，你这时才发现，原来世上每时每刻都有数不清的手续需要报批，审核，签字。办公室里每天都有人拿了厚厚一沓材料，小心翼翼地来央求你。你说自己只是一个小小的科员，所有材料，需要汇报给科长，然后是局长，而批下来的时日，那就看运气了。来的人便心焦，急躁，给你偷偷递一条烟，希望你帮忙去催一下，或者给递一句话。你勉强收下的烟，在手心里沉甸甸的，你同情于那些无数次跑来等待希望的没有后门的人，于是去领导那里拐弯抹角地打探消息，最后却是被领导淡淡一句"做好本职工作"，给吓得再不敢多言。

几年后，你攒了点钱，买了个二手房，于是又要为了过户、房权证、贷款能力证明、户籍证明、工资证明、担保人证明等等，而奔东走西。而你还要随时做好因为手续不合格，而被审批中心面无表情的员工，丢一句"下周再来"的冷言冷语。你好声好气地又去找这个领导，那个领导，求他们给你把手续办全，最后总算如愿以偿地从前房主手里拿到了钥匙，这时你又要跟物业公司、水电暖公司，保险公司等部门无休止地打交道。而且你还要耗费一生的时间，跟形形色色社会上的部门纠缠，并将自己的生命，以表格的形式，填入这样那样的合同，协议，详单。

这样的程序，一直到你离开这个世界入土的那一天，也不会停止。你的儿女们需要为你的入土购买一块风水宝地，你的名字，相继从手术台、太平间、火葬场到墓地管理处。而且，儿女们还要为你的离去，办理最后一个手续：将你的名字，从户籍处销掉。

到此为止，你便从这个世界上，结束了你的手续人生。如果你上天有知，从空中俯视你所走过的弯曲的足迹，你会发现，正是这样烦琐的一个个手续，抽象地构成了你的行走轨迹。它们琐碎，无聊，让你烦恼，耗你时间，并让你在这个尘世，逐渐地从棱角分明的糙石，磨炼成一块光滑圆润且可以从一个手续，畅通无碍地滚到下一个手续的鹅卵石。

第六辑　爱在时光里柔韧穿行

我们在人前,需要面子,需要那些花哨的点缀,却常常忘了,亲人给予我们的那些难堪,在很多时候,恰恰是爱最快的酵粉,不过是放入一点,彼此的心中,便会有一盆火,熊熊地燃烧。

母亲的怯懦

读中学时,有一年我成绩进步很快,学校里开期末表彰大会,我被作为学生代表选去演讲。为了能够给与会的家长们一点启发,老师特意找到我,说:能否让你的父亲或者母亲上台讲几句话,跟别的学生父母分享一下家教经验?

父亲那时在外地工作,无法回来,只好讲给母亲听,让她代替父亲去台上说上两句。母亲听了即刻惶恐,将头摇得像拨浪鼓,犹如年少怕羞的我,一个劲儿地说:那怎么可以呢?那怎么行呢?我一个家庭主妇,一点文化都没有,在你们老师们面前卖弄,那像什么样子呢!我开玩笑,说:你平时跟人砍价嘴巴多厉害呀,一条街上卖菜的都怕你这张嘴,宁肯自己吃点亏,也不想跟你吵架,所以不过是上台说几句育女经验,有什么好难的?

但不管我怎样劝说,甚至动用了父亲的威严,母亲依然很坚决地不同意上台讲话，而且，怕会发生意外情况，她直接连家长会也不参加，并像个赖学的孩子一样，让我帮她请假，说她有病在家，实在下不了床。

到了那天，她果然早早地就躲到了邻居家去，假装给人家帮忙做活，我经过邻家院子，看见她正与邻居阿姨谈得热火朝天，怎么也想象不出，这样健谈的她，也会心内生有惧怕。她恰好抬头看见了我，竟是怕被老师叫起来回答问题的学生一样，迅速地低下头去，装作没有与我对视。但等到我上台发言的时候，还是下意识地扫了一眼观众席，并没有发现母亲的身影，失落之中开始演讲，是快要结束的时候，我突然在窗外看见母亲的身影一闪而过，犹如一个在教室外怯生生偷听的小孩，怕老师发现了，所以赶在上课结束之前，急急地沿墙根溜走。

几年后我大学毕业，在事业上有了一点小小的成绩，回到县城，昔日一个一直对我十分关爱的老师，在聚会完后，送我回来的路上，突然就说要看望一下我的父母，告诉他们有我这样一个优秀的女儿，是此生最大的骄傲。可惜走到家门口，才发现父母都在外面，为了一户人家堵塞的管道而忙碌着。我打电话给父亲，父亲说：那让你母亲回去见见你的老师吧，刚刚开工的活，我实在走不开呢。挂断电话之前，我听见母亲在那边与父亲有几句争执，似乎是想让父亲回来，但怕老师误会，我还是没有劝说母亲，而是告诉老师说：我妈很快就会骑车来的，所以还麻烦老师耐心等上片刻。

可是这一等，便是半个小时，明明父亲在电话里说十分钟就会到的，我却张望了许多次，也不见母亲的身影。我不停地找理由安慰老师，说母亲骑车太慢，所以在车流不息的县城里，她总是一遇到汽车，便慌慌地提前很远就将自行车停下，别人十分钟走完的路，她则要花费半个小时。

在又等了十几分钟之后，我的老师终于礼貌地起身告辞，我在歉疚的挽留中，几乎有些气恼母亲，甚至想要打电话对她发火。老师刚刚离开，父亲就骑车飞快地赶了来。我诧异，问怎么不见母亲，父亲便无奈地笑笑，说：没见过你母亲这样胆小过，明明已经到了家门口，却不敢来见你的老师，又对我撒谎说忘了带钥匙，返身回去了，其实钥匙一直就在她的衣兜里。

我听了突然地有些心疼，为老到一大把年纪了，竟然还心生胆怯的母亲。我知道这一次她是怕自己满身泥浆的衣服，会招来我的老师的同情；怕自己这样愚钝的主妇，与我的一身学识的老师，面对面坐着的时候，会完全找不到话说；怕自己的粗鲁，会让老师看轻了她，连同自己优秀的女儿。

这时的母亲，早已经过了知天命的年龄，可是，她却与许多年前的那个女子一样，对于我的老师及其比她高一个层次的人，心生敬畏和胆怯，并因此，卑微到犹如一株角落里的小草，将发黄的茎叶，羞涩地隐藏起来，不让任何人窥去她心内的不安与怯懦。

轻放

走廊里的声控灯,很早以前就坏了。每次走到门口,同租三室一厅的几个人,都会习惯性地叹口气,在黑暗中摸索着将门打开,又重重地关上,似乎想要以此发泄对那一脸晦暗的廊灯的愤恨。楼下的小卖部里,摆设了各种各样的灯泡,而且价格低廉到不过是坐一站公交的价格,但包括我在内的所有人,却谁都没有想起,在买泡面的时候,顺手捎带一个灯泡上来。而那盏灯,也就这样沉默着,一日日听我们的跺脚声,砰砰砰地响了又响。

父亲过来看我,走到门口,看见我费力地用手机里微弱的光线照明,立刻放下手里的东西,说声稍等,便下了楼。不过是几分钟的工夫,他便拿了一个灯泡上来,一声不响地安好。然后,他轻轻一击掌,昔日黯淡无光的走廊,便瞬间有了温暖通透的光亮。我站在门口,看父亲脸上淡然的微笑,便说,你可真是光明使者呢,你一来，这灯就好了。

父亲却扭过身来，正对着我，说，其实路过的每一个人，都可以是光明使者呢，不过是一块五毛钱的灯泡，顺手就捎过来了，何必每次总是叹气世风日下，却始终自己不去动手呢。

我笑，说，可不是人人都像您这样乐于助人，各人自扫门前雪，哪管他人瓦上霜，况且，这还是租来的房子，而这走廊，也属于公共的区域，不只我们这一层，楼上的人也都要从此经过呢。

父亲没吱声，只拿起身边的扫帚，边一层层地扫着楼梯上丢掉的烟头、纸屑、菜叶，边哼起他惯唱的京剧。有人从他身边经过，他便停下打扫，将身子朝楼梯一侧，又朝来人笑着点一点头，表示让对方先行。而路人总是诧异地看父亲一眼，又微微地停一下，这才在父亲的笑意里，慌乱地点一下头，匆匆离去。那脚步的失措，看上去有些逃的意思，似乎，他遇到的是一个神经稍稍有点错乱的老人。

我在晚饭的时候，便抱怨于他，说何必对陌生人这样殷勤，他们指不定在心里觉得你有毛病呢。父亲呷下一口酒，道，我管不着别人心里怎么想，但我开心就可以啊，况且，我就不相信你给别人微笑，他还能泼你一盆冷水不成？所谓寻开心，就是这样，你不去自己主动找，它怎会自登家门？

几日后，翻起账本，突然想起一个借钱的熟人，彼时他信誓旦旦，说三个月后肯定一分不少地全都打到我的账户里来，可是却已经过去五个月了，他不仅没有打钱，连一个解释的电话都没有。气愤之下，我操起电话便要质问熟人。父亲得知后却是将我拦住，说，钱既然已经借出去了，就不必再催了。我不解，说，难道就让这笔钱白白地给他了不成？这样不守信用的人，你又何必跟他客气，他不仁在先，我又为何再做君子？

父亲一声不响地拿过我的账本，将我记下的还款日期一栏啪一道线勾掉，这才说，何时你将心里那个还款的日期，也一并改成无期限的时候，就不会像现在这样气愤了；假如人家忙得忘记了，你过去一通责问，那岂不是彼此坏了感情？一笔钱丢掉不要紧，连带地连一个朋友也给弄丢了，那就得不偿失了。

我依然心里憋闷，说，可是我觉得这个人根本就是故意忘记的，我刚刚听说他借过别人的钱，每次别人一催，他就推说下个月还，结果是几个月过去了，还是没有丝毫要还的迹象。

父亲依然不紧不慢地喝茶，道，如果他真是一个常占便宜的人，那你这钱，丢了也没有关系，能够用钱测出一个人的深浅，并在以后的路上，尽可能地远离这样的人，不是更好么？况且，如果他不打算还你，你再怎样地催促，也是得不到这笔钱的，不如心中先自放下，这样轻松的是你，而他，则会在你的安静里，心里有小小的失落与不安。

隔着十几年的光阴看过去，我第一次发觉，硕士毕业的我，从书本中得到的那些东西，在没有读过几本书的父亲面前，原来是如此苍白且无力。人生中一切矛盾的化解，并不是拿尖锐的刀子划过，而是那最素朴最温暖的轻轻一放。

看见你最庸常的转身

母亲退休后像一个神经错乱的钟表,原本有条不紊的人生,突然地乱了发条,忽而疾驰如飞,忽而停滞不前,忽而又倒退几圈。

早晨她不再急吼吼地起床,为一家老小做好饭后,再背起自己精致的名牌小坤包,去赶早班车。当年母亲好歹还是单位里的干部,掌管着旗下五六号人。开起会来,用她的话说,也是"很有派"的。平日里邻居们谁有了烦恼,她也总是发挥余热,为人排忧解难,并因此在小区里赚足了人气,大有夺下居委会大妈权力宝座的趋势。亲戚们有了摩擦与纠纷,她绝对是冲锋在前,迅速摆平事端的英雄角色。甚至是谁家的小猫小狗生了痢疾,长了跳蚤,她都热心地过问,并以一副专家的模样,给出解决的良方。

可是自从被单位"撵"回了家,她的生命,就不再这样生机勃勃,似乎是瞬间,她就像一片被摘下来的叶子,在阳光里很快地蔫了。早晨她被生物钟催着，会依然按时起床，给我们做饭，然后看我们吃完了，各自奔工作而去，留下她与一桌子残羹冷炙，孤零零地待在偌大的房子里。

我记得一次忘了带手机，中途返身回家，刚推开门，就看见母亲正将我与弟弟小时候的照片，全部从相册里抽出来，用干净的毛巾轻轻拭去上面的灰尘，而后再一张张地放回去。我笑她闲得无聊，她却并不搭理我，是我向她告别，她习惯性地扭头朝我说再见，我才瞥见，她的眼圈，竟然是红的。

这样无事可做的落寞，我又遇到过许多次，有时候是将我们干净的鞋子，从橱柜的一端，转移到另一端，端详一阵，又觉得不适，重新移回。有时候将家里两只小狗的名字，换成我和弟弟的乳名，很起劲地叫着。又有时候，她给我们打骚扰电话，响上一两声，便挂掉；待我们追问回来，她又一阵茫然，说，我给你打过电话了么？

没有人再称呼她过去的官职，她却依然将自己当成一个有用的干将，曾经居委会贴出通知，让大家来竞选居委会主任的职位，一向明白世事与选举内幕的她，突然间糊涂了似的，兴致勃勃地要参加竞选。还自己从网上下载了许多演讲方面的知识，熬夜写了一篇激情昂扬的演讲词。又故意跑到公园人多的地方，像疯狂英语创始人李阳一样，高声练习演讲。等到竞选开始的那天，她邀请了一大堆人去为她捧场，那场面，绝对不亚于美国总统竞选。我恰好周末，站在人群最后悄无声息地等她上台演讲。她几乎是倒背如流，博得人群阵阵掌声。下台后她一连兴奋了许多天，觉得胜券在握，肯定又可以走上领导岗位了。

可是最终宣布名单，却是没有她的名字。她因此受挫，在家很多天都不肯出门见人，怕人笑话。她的心突然变得极其的脆弱且纤细,像年少时的我,会为老师的一举一动,一言一行,而思量万千。甚至是一天内都反复数次,时而肯定自己,时而又否定自己。憋到一个星期之后,她终于自言自语地吐出一句:其实他们早就内定好了的,骗我而已。

这次的受挫,让她终于不再热衷于这样的竞选,转而开始混入街头大妈们的行列,每天吃完了晚饭,便在小区花园的石凳上,跟那些混迹退休人员已久的大妈们唠嗑。她显然并不专业,言谈举止间,依然保持着上班族的风度与骄傲。说话的时候,容易与人发生争执,时刻想要把持话语权。出门的时候,衣服打扮得依然平整利落,头发一丝不苟地梳着,眼睛没有一般老太太的浑浊,动作也还敏捷,随时做好出发的准备。

她也开始跟着老太太们搜寻这个城市的打折消息,一有商家搞流泪降价或者跳楼甩卖,她即刻通知小区里的"发烧友",大包小包直奔商场而去。有一次我在一家大型商场门口,看到几十米长的队伍里,母亲正与几个老太太,焦灼又耐心地,排队等候着。我以为有什么大型的演出,要领票,便遥遥向母亲打一个招呼,回了家。天黑下来的时候,母亲终于兴奋地回了家。我向她索要演出票,她却嬉笑着举起一袋东西,说,这是一下午的战利品。是到这时,我才终于明白,她耗费了几个小时的时间,原不过是为了一块价值两元的透明皂。

也是到这时,我才看清了她从一个自信满满的职业女子,如何蜕变成一个街头爱拉扯家常的大妈。明白她在这样的过程里,原来也曾像年少的我那样,经历了彷徨、失落、恐慌与逃避,并艰难地,在别人的忽视里,完成一个女人生命中,最后世俗庸常的转身。

爱是一碗面的温度

他从小就知道自己是个私生子，一路读书过来，总有人将母亲的那段陈年绯闻，在他的面前，若有若无地提起。而他的心，也就在这样一次次被揭开的疤痕里，疼了又疼，直至最后，那疼，慢慢冷掉了，连带地，将对母亲的依恋，也一起给冻结了。

因此他比任何的孩子，都更渴盼从这两个人的家中，独立出去。即便是依然在同一个小城里，但能分开住也好。可惜他成绩并不优秀，依靠高考飞出小城的梦想破灭后，无奈之下，他唯有接受舅舅的建议，摸索着做点生意。他很快用母亲给的钱，在小城里开了一家五金店。这间不足20平方米的店铺，自此便成了他的"家"，他在这里接待顾客，与新交的哥们喝茶聊天，胡吹神侃，夜幕降临的时候，在门外放一个音响，又成了小小的舞厅。基本上，他不再回昔日的家，除非，是有东西要回去拿。

母亲却常常地过来看他。还不到五十岁的人，却因为长年的单身生活，而现出别的女人没有的老态和沧桑。每次来，母亲都会提了很多他喜欢吃的东西，夏天的毛豆、田螺，秋天的石榴，冬天的红薯；走的时候，则带上他堆在角落里要换洗的衣服。他很少跟母亲说话，母亲亦不像别人的父母那样，唠叨他不爱整洁，或者从来不知道攒钱，她总是默默地来去，像一个躲在他身后的影子。除非他转身，才能看到她寂寞地立在那里。

他总是等着母亲走了，才叫上几个哥们，大快朵颐。哥们中有一个整日东游西逛、不务正业的混混，一日喝了点小酒，瞅着他笑嘻嘻道：你妈当年一定很漂亮，否则怎么会让一个有妇之夫，抛妻弃子，与她私奔到遥远的东北，且生下了你？可惜那个男人懦弱，浪漫的时候还念念不忘那点财产，你妈当年要是有点勇气与他大吵大闹，挣点分手费，现在你还用憋屈在这小地方？

一群人皆像听笑话一样哈哈大笑，而他心底的伤痕，也就在这样的笑声里，猛地撕裂开来，鲜血喷涌而出，他的眼睛，亦瞬间充满了愤怒的火焰。连他自己都没有意识到，战争的炸药包，砰一声就地炸裂开来。他将手中的酒瓶，啪地砸过去，酒瓶碎裂开来，小混混即刻惨叫着捂住了双眼。

两个小时之后，他从一个哥们那里得知，小混混的右眼已经失明，而左眼视力与大脑，亦受到不小的损害。这样的结果，让他终于从混乱中清醒，继而内心被巨大的恐慌结实地缠绕住。脑子闪过的第一个念头，便是逃跑，逃到一个与这小城所有的一切，都不再有关的陌生的地方去。

他于当晚便偷偷潜回家中，母亲见他回来，眼中闪过一丝惊喜。他却假装要找东西，趁在厨房的母亲不注意，偷走了她藏在柜中的所有的现金，而后便仓皇离去。

他并没有走得太远，那些钱，不过是几天，便被他折腾掉大半。他唯有在邻城的一个破旧旅馆里，像一只困兽一样，昼伏夜出地待着。这样直到有一天的傍晚，他无意中打开电视，看到当地的电视台，正在播放他畏罪潜逃的新闻。而他的母亲，则在女记者咄咄逼人的追问下，起初目光躲闪，继而慌乱，最后，这个即便是在被人议论纷纷的时候，也从没有落过泪的女人，竟是当着很多围观的邻居，大声地哭了。那是他从没有见过的哭泣，那样地疼痛且无助，就像他一路走来，所曾历经的那些无法复原的伤痕一样，鲜明，刺目，且找不到归处。

自始至终，母亲只侧身对着镜头，不断重复着一句话：小飞，你下次何时再回家，记得吃完我做的鸡蛋面再走，面凉了，妈的心，也会跟着凉的。

他突然间忆起，母亲的那些背影，为他洗衣时弓下的脊背，为他做饭时晃下的一绺灰白的头发，为他打扫房间时瘦削的臂膀。他从来没有好好地看过母亲，即便是现在，她也是侧对着他。那么多年，她一个女子所承受的各式的流言蜚语，其实远比他，要多得多。可是，她将所有的爱，都给了他，而他，却是连一碗面的温度，也不肯给她。

那碗被记者的镜头，无意中摄入的鸡蛋面，就这样，将他禁锢了20多年的心门，砰然打开来。他第一次，在漫长的路上，闻见了爱的芬芳。

记得打电话给父母报声平安

那一年他18岁,在牡丹江的一家餐馆里打工。临放假的那天上午,一个老乡打电话来,说正好开车路过此地,让他下午两点在火车站等着一起回家。他很开心,立刻领了最后一笔薪水,又提了老板发的年货,兴冲冲就去了车站。他没有想到,没过多久,老乡又打电话来,说因为临时有急事,无法按时回去,让他一个人坐车先走。这个电话,他当然没有收到。他从下午1点,一直等到4点,依然没有见到老乡的车来。那时,雪已经越下越大了,火车接到有暴雪的预报,早已停开,而回家的最后一班汽车,也提前开走。无奈之下,他抱着在半路截车的侥幸心理,决定徒步走回家去。

从火车站到家,大约有一个半小时的车程,临走之前,看见有人在电话亭旁排队给家人打电话,他也想打一个回去,可是一想打了也无济于事,家里人根本不可能找到车来接自己,便转身上了路。走了半个小时后,他已经开始后悔,因为他远远低估了这场大雪的威力,这几乎是他记事以来,经历过的最凶猛的一场雪,大团的雪花,像是冰雹,恶狠狠地砸下来;三米以外,雪便密得看不见人影。起初他还思忖要不要原路返回饭店里去,可后来,风雪已经将他的脑子,冷冻住了,他不仅丢了手中所有的年货,连那试图找个电话亭,寻求救助的最后一点念想,也给冻丢了。他只知道机械地挪动双脚,朝家的方向,一直走下去。

而此时他的父母,早已被老乡一个询问他是否到家的电话,给惊得手脚冰凉。他的父亲,即刻打电话给饭店,问他有没有返回去。答案当然是否定的,而打听来的消息,只能是没有任何出行经验的他,正在走回家来的路上。雪已经漫过了小腿,连天气预报,都无法肯定,这场暴雪,究竟会肆虐到什么程度。他的父亲,将认识的有车的人,都找了来,求他们为了自己的儿子,出行一次。每个人都知道,这样漫无目的地开车去找,几乎希望渺茫,但还是有四个车主,在父亲的眼泪里,答应在暴雪里出行。

他的母亲,每隔十几分钟,便会打电话给饭店里,看儿子是否返回。尽管店主答应如果他能回来,第一时间便通知他们。但做母亲的,还是焦躁不安。而此时的父亲,正坐在车里,紧张地盯着窗外每一个可能的影子。甚至,一片干枯的树叶飘下,都会让父亲陡然心跳,以为遇到了自己的儿子。除了汽车驶在雪地上单调的咯吱声,天地间就只剩了风雪相互撕扯的喘息和嚎叫。汽车开出去半个小时后,司机们开始害怕,说不能再开了,否则,一定会出危险。他的父亲,一次次哭着恳求唯一一个肯留下来的司机,再多走一段好不好,或许他的儿子,正在不远处等着救助。但,最终,这最后的一辆，也被横拦在路上的一棵大树，挡住了去路。

那一夜，他的父母，烧着香，跪在佛前，求了许久。每一次电话响起，他的父亲，都会扑过去接。但没有一个，是自己的儿子打来的。母亲哭了又哭，做父亲的，便吼，说，连个电话都不知道打回来，为这个不孝的儿子哭，值得吗？！但还没有吼完，父亲自己，却已是泣不成声。窗外，有新年的爆竹，一声声炸响；炸到天微明的时候，爆竹与雪，都没有停，但他的父亲，却是打起伞，冲出了家门。

临近中午10点的时候，他迟来的电话，终于打了来。说自己在一个小镇上，走错了路，但住宿的那家，又恰恰没有电话。而母亲，却只哽咽说了一句话：那你怎么不在最初来时，就给家里挂个平安的电话？

最终母亲托人，又将父亲找了来。那时这个两鬓倏忽白掉的男人，已经在没过膝盖的雪里，走了将近一个小时。在得知自己儿子平安无事的消息后，他因为过度的焦虑和悲伤，竟是还没来得及露出一丝微笑，便晕了过去。

几天后，他在电视上，看到新闻里说，这是黑龙江几十年来，罕见的一场大雪，许多地方，都停水断电，无法出行；亦有许多人，在暴雪里丧生。而那几日，亲人间相互问候的电话，据说也是暴增，以至公话亭里，电话总是占线。

不过是一个报声平安的电话，而当他漫不经心错过的时候，他的父亲，却几乎为此，付出了生命的代价。

光阴里藏着最美的扇贝

那一年的冬天,在我的记忆里特别冷。母亲不愿在家里闲过一整个冬季,便四处找活干,但县城里并不需要像她这样目不识丁的家庭主妇,所以顶着冷风奔波了一个星期,依然没有结果。我那时在县城里读高中,知道母亲完全是为了我和弟弟开春后要交的学费,才出来做事,所以心底愧疚,恨不能自己变成招工的老板,给母亲安排一份最闲又最有钱的工作。恰在此时,邻桌叫驰的一个男生,在课间的时候,无意中提到他叔叔的工厂,正在招聘清洁工,我默默地记在心底,又在放学的时候,将一个纸条偷偷塞给他。我在纸条上,问他能否推荐母亲去做清洁工人,如果他能帮忙,且为我保守这一个秘密,我会无限感激。

驰一直都是暗恋着我的,正是因为这隐秘的一点,我才弃掉了所有少女的羞涩和自尊,用他对我的好感,换取他的帮助。一向小心翼翼地喜欢着我的驰,当然很快地办好了这件事。母亲知道后很是欢喜,很快便收拾好了东西,搬进厂区的宿舍里,安心地做起这第一份工作。

因为驰,也因为怕别的同学看到,尽管离母亲上班的地方很近,但我却很少去看她,只在每个月回家过周末的时候,等所有人走光了,才飞奔到厂区,在她晦暗的宿舍里,边看书边耐心地等母亲一起回家。每次母亲回来,手里除了清洁的工具,总会捎带着一些矿泉水瓶,或者废弃纸箱之类的东西。随手捡拾路边可以拿去换钱的垃圾,这几乎成了母亲的一个习惯,此前并不觉得有什么不妥,但那时看来,却觉得脸上火烧一样疼痛,似乎,驰和他的叔叔,正站在一旁,不屑地注视着我和母亲。母亲只顾着将捡来的东西捆扎好,放到角落里,等父亲来车拉走,很少会注意到门口的我,难堪到瞥见她落到墙上的影子,都觉得是一种折磨。

所幸这些尴尬,除了母亲的工友,并没有我认识的人碰到。否则,我想我宁愿母亲丢掉这份工作,重新回到借钱为我筹集学费的困顿里去,也不想让别人嘲弄的视线,将我与母亲,重重地包裹,直至窒息。

两个月后的一天,驰在放学后将我拦住。他的眼睛里,带着一种我所陌生的淡漠和怀疑。这样的眼神,让我看到的瞬间,就脱口问他:是不是,我母亲出了什么事情?驰将视线散乱地投到窗外去,说:早知道你母亲是这样,我就不会给叔叔推荐了,她带来很多的麻烦。我的眼泪,在那一刻,唰地一下涌出来。一个是我爱的母亲,一个是暗恋着我的男生,他们之间,本不应有任何的联系,却是因为我一时的冲动,而如此滑稽可笑地联结在一起。

我几乎是粗暴地,将驰关于母亲如何偷了厂区煤炭又拒不承认的叙述打断,我愤怒地朝他嚷:我母亲不会这样的,你不要因为她做的活最脏,就将所有的坏事,都推到她的头上,你并没有亲眼看到,你也不了解我的母亲,所以,请不要像你有钱的叔叔一样,传播流言蜚语!

但我还是记住了驰说的一句话:或许,去问问你的母亲,一切便都会明了。我逃掉了下午的课,飞奔去母亲所在的厂区。当我气喘吁吁地站在母亲面前时,她依然像往昔一样,怜爱地抚抚我蓬乱的头发,说,今天怎么有空来了?我躲开她的视线,紧咬着唇,低头看着角落里一大堆的废纸,终于哭出声来:你知不知道外边的风言风语?!说你只想着卖废品挣钱,不好好工作,说你偷厂区的炭,还不承认!这到底,是不是真的?!

母亲的脸,涨得通红,她慌乱地转过身去,背对着我,颤抖着说:妈没做,他们胡说。我再也忍不住,第一次朝母亲怒吼:到底是谁胡说?!他们已经在你住的地方翻出了证据,你还不承认,你让我在同学面前,头都抬不起来!

母亲的肩,在阴影里剧烈地颤抖着,但最终,她还是平静地,回复我一句话:风言蜚语,总会过去的,你只管好好读书,其他事,不用你来管。你要不想让妈做,我就辞了回家去。

母亲果真在第二天,便离开了厂区。我不知道她究竟是因为真的愧疚,还是为了给我和自己,挽留一点颜面,而辞职的;但我却因此,而长久地记恨于她,且再也不能原谅她在自己的女儿面前,都不肯说出真相的虚伪。我在此后自卑地走了许多年,断掉了与驰所有的联系,连提及他周围熟识的朋友名字的时候,都会习惯性地想要逃避；似乎，一提起，那些不光彩的过往，就会潮水一样冲击过来，将我整个地湮没。

这样直到几年后的一天，我与姐姐闲聊，提起母亲在厂区的那段过往，才知道，其实当年许多的职工，都在晚上偷偷拿了袋子装煤炭回家，保安无计可施，为了给发火的厂长交差，便将平素他们嫉妒的捡垃圾换钱的母亲揪出来。母亲的确是偷拿了一袋煤炭，但并不是给自己用，而是因为那时的姐姐，刚刚生下孩子，为了让姐姐与孩子能有个温暖的冬天，她宁肯此后背上偷盗的罪名。甚至，在辞职后，她还丢掉自尊，去工厂锅炉房找人，求他们让她来挑烧过的渣炭。而她，就是这样踩着自己的颜面，从小山似的炭灰堆里，扒出了姐姐与孩子一整个冬天的炉火……

她原本是这样一个勇敢的母亲，肯为了自己的孩子，抛弃一切的尊严。而她的女儿，却为了在暗恋自己的男生面前，重新抬起骄傲的下巴，那样残忍地将她还没有愈合的伤疤，一下子揭开来，且在此后那么漫长的岁月里，都始终不肯将她原谅。

而时光，就这样漫过海滩，露出那些丑陋石块下，用自己的苦痛，一点一点磨出珍珠的扇贝。

飞奔着阻挡你掌心的时光

我一直惧怕他的手,从始至终。

我在背地里,称呼他的手为铁砂掌。这双手,在我儿时,曾经因为我无数次的跌倒、摔伤、打架、逃学,而毫不留情地落在我的身上。也曾经因为我被人欺负,执拗地拉起我便去找肇事者;我被他紧紧地握着,并没有因此而多么自豪,却是在小心翼翼地窥到他眼底的愤怒时,心底倏地升起莫名的恐惧。手,是他身体最不吝惜的部分。他用它编筐,将粗壮的枝条极轻松地折来折去;他用它拔草,速度之快,比得过任何锋利的镰刀;他用他推车去50里外,卖自做的煎饼;他用它采摘长满尖刺的玫瑰,起个大早挑担去县城里卖。他从没有给这双立下了汗马功劳的大手,抹过任何的护肤品,即便是后来,我千里迢迢地将价值不菲的护手霜,寄回家来,他照例是看也不看,便将它们丢到角落里去。

有一年的春天，我生了一场大病，终于能吃点饭的时候，便向母亲吵嚷着要鱼汤喝。因为治病，家里早已没有可供如此奢侈的余钱，母亲急得要哭，他却是丢下一句：收拾好锅灶，等着做吧，便转身出了家门。不过是一个时辰，邻居便将几条鲜嫩的小鱼提了来。正在我美滋滋地将所有鱼都吃得精光，又悠闲地喝着鱼汤时，他皱着眉头走进来。我以为他厌烦我馋，生了气，便尽量压低了喝汤的声音；过了片刻，却是听见隔壁房间里的母亲，在轻轻地哭泣。我那时没心没肺，并不关心大人的事，照例伴着母亲的低泣，喝到碗底朝天，连粘在碗底的香菜叶子，都不忘了舔进肚中去。是过了很长时间，我无意中瞥见他的手，见掌心一条大到近乎骇人的伤疤，这才从母亲口中，吃惊地得知，为了给我捉到鱼吃，他用土炸药去河里炸鱼，鱼炸到了，他的手，也因此血肉模糊。但他还是忍着剧痛，让过路的邻居将鱼捎回家去，这才跑到卫生所去包扎伤口……

这个伤疤，永远地留在了他的掌心，但他却从来没有对我提过一个字；就像，那不过是割麦时无意中划伤了一道，看也不值得看一眼，便继续忙碌下去。可它在我的心里，却是生了根，每次想起，便似乎看到他在河里欣喜若狂地捡拾着鱼，全然忘记了还有一个未响的炸药。这样一个情节，如电影里的胶片，回放的时候，总是温情的慢镜头，一格一格地，如此清晰，却又那么残酷。

后来我读了大学，小弟小妹也念到高中，花费增大，只靠种地，已经完全不能供我们三个读书。于是他开始用一双手，创造额外的收入。他干过矿工，做过泥瓦匠，当过园林工人，拉过三轮。后来，他的身体不允许他这样东奔西跑，这才守在小城里，靠着一台八百元的疏通机器，做起修理下水道的工作。我那时回家，听到的，从来都是他微笑着跟母亲提起，又攒够了我们下学期的学费，或是又可以给我们额外买衣服的钱了。家里没有一个人，知道这份工作，是怎样地脏和累，都以为真的像他描述的那样，轻松地开动机器，哗地一下，便让堵塞的下水道畅通无比。

是有一次放假，我去一个家住县城的同学家玩，正赶上他家卫生间的厕所堵塞，找了人在维修。我有些好奇，便走进去看，只见父亲正跪在便池旁边，一手拿着手电筒，一手用一个铁钩，费力地在便池的通道里，钩着一个不小心落下去的圆柱形的铁器。同学的家人，皆因为恶臭，捂住鼻子站得远远的；没有人给他帮忙，那一刻，他只是一个被人花钱雇来的干脏活的人。他的手上，满是肮脏的秽物，但他全然顾不上，只将视力损害的眼睛，近距离地贴在通道口上。在铁器快要到通道口的时候，担心它再落下去，他竟然一下子便用手抓了上来。而那上面，早已脏得让人不忍再看第二眼。

我最终没有等他回转身，便匆匆地告别朋友，跑回了家。我不想看到他的窘迫，不想亲眼看着他洗手时，连人家的肥皂都不好意思用，只在回家后，将一双皲裂干枯的手，洗了又洗。这样的尴尬，我不忍看，而他，也一定是不想让家里每一个人知晓；否则，他便不会突然地爱上清洁，又在我和弟妹笑他的时候，不吱声，却是悄悄背转过身，用一个单用的毛巾，极细心地，将手擦拭干净。

他用这样的方式，为我们换取着学费，而他自己，却是为此自卑到厌恶这双不懂疲倦的大手。而我，就是在这时，从这双手开始，慢慢读懂了他。

几年后，我们兄妹三个都各自找到了工作，他也终于可以享福；但这样的福，却是并没有享受几天，他便因为这样那样的病，一次次地住进医院。我依然记得第三次住进医院的时候，我去看他，给他煮了喜欢的皮蛋瘦肉粥。他的手，虚弱到连勺子都握不住，但还是喜滋滋地，一下下地喝着，脸上，满是孩子似的幸福，就像许多年前，那个喝鱼汤喝到忘记一切的傻丫头。一场大病，就这样置换了我和他的位置。

可是，我知道有些东西，岁月是永远无法置换的。就像，他是我的父亲，而我，永远是他疼爱的丫头。就像，我怎样飞奔着去爱他，都无法赶得上时间催他老去的步伐，亦无法抵得上他曾经给过我的，十分之一的呵护。

我们把赠品留给了谁

为了能够分到一套大一些的房子,从单位里分房的消息还没有透露出来,我和辰便提了名烟名酒,挨个去找领导。那段时间我们对单位里各个领导的喜好和偏爱,几乎比他们的家人还要了解。记得某个领导无意中提起喜欢吃德州扒鸡,我们便在周末亲自坐火车去了德州,买回一大箱最新鲜的扒鸡给他。知道某个领导的儿子喜好喝雪碧,我们更是借此隔三岔五地送一箱过去。而那些喜好吸烟喝酒的领导,不必说,更要舍得花钱买名烟名酒去打点了。

记得一次正赶上厂家搞活动,买两瓶名酒,赠两瓶同类低档次的酒。等到将名酒给领导送去,回来看到两瓶赠品酒,两个人几乎不约而同地说道:给爸妈捎回去喝。说完了两个人相视看了一眼,发现彼此的脸都有些红了,但又是心照不宣地,什么也没有说。

于是趁了个周末,我们提了两瓶包装精美的酒,又去超市买了大堆真空包装的烤鸭烤鸡之类的日常东西，便坐上回老家的汽车。回家后父母和姐弟早已像等候贵宾一样地，备好了饭菜等着我们了。看到我们提着那么多的东西，父母先给我们一大通唠叨，说你们正买房子，是需要花钱的时候，干吗再买这么多礼物，又不是外人。但我还是看得出，他们的心，已被大堆有用无用的东西，结结实实地温暖住了。尤其是当着来闲坐的邻居的面，母亲的数落里，其实更多的，是炫耀的成分。

当我们要把酒打开时，父亲一看牌子，即刻止住了，说这么好的酒，还是留待以后过年过节的时候喝，现在就他一个人会喝酒，多浪费。我很想开口告诉父亲，这不过是买牌子酒时的赠品，最多也就值一百块钱，但看看父亲像看茅台五粮液一样的知足和欣慰，我还是偷偷看一眼辰，将话咽了下去。

临走的时候，父亲突然犯了胃病，送到医院去一检查，是急性肠胃炎，需要住院治疗。母亲听到当即就落了泪，说，让你爸少吃点那烤鸭，他偏不听，还说什么女儿女婿带来的，再怎么吃也吃不坏肚子的；医生几年前就警告过他了，不要吃油腻的包装的肉食，结果每次你们买来了东西，他不是怕浪费，就是要充分消化你们的孝心，弄得你们前脚刚走，他后脚就跟着进了医院。

而一旁的医生，则冷眼看一下我们，道，自己的父亲喜欢吃什么，不能吃什么，你们做儿女的，这一点都不清楚啊。我与辰的脸，在这一句话里，终于彻底地红掉了。

走的时候坐公交，经过小城最大的一家超市，看到外面的广告牌上，贴出的名酒"买一送一"的大幅的海报，赠品，竟然是我们给父亲提回去的酒！想起在我们回来的这两天里，父亲几次去超市买东西，他定是早已清楚这酒只是赠品，但他却是装作什么都不知道，来欺骗自己；甚至，他并不认为这是女儿对自己的轻慢，因为，在他的心里，凡是自己孩子带回来的，哪怕他不能吃，哪怕他不喜欢，哪怕是赝品，他都会像珍宝一样，小心翼翼地收藏，且为此在人面前，觉得无上地荣耀。

可是，他与母亲，不知道，我们可以对自己领导的喜好，掌握得一清二楚，我们舍得花钱给领导送最名贵的酒，我们在每一个可有可无的节日，都会给领导发送短信或者提份礼物表示祝福，甚至连领导孩子的生日和爱好都会记得，但是唯独将生养了我们的父母忘记，唯独在名贵的礼物面前，最后想起的，才是他们。

但做儿女的，疏忽掉的东西，为父母的，却是那样轻易地，就将我们的过错，原谅，忘记；甚至，自欺欺人地，将我们廉价赠出来的"爱心"，视若珍宝。

原来你离我那样近

那一年她到北京读书,父亲跟随她一起北上打工。

她从没有去看望过父亲,她亦无法找到他工作的地方。她只从父亲口中,模糊知道他在一个新开发的工地上,做风餐露宿的民工,每个月领了钱,便会定时地打到她的卡上。她也曾想过要去找他,像别的同学那样,领着他到学校四处转转,哪怕,只是在食堂里吃一顿简单的饭。但北京那么大,去任何一个地方,似乎都需要在公交地铁上辗转换乘,所以她想,或许他们彼此,在北京,很难会有见面的机会。

她知道自己在心底,其实并不希望父亲来看她。尽管她从小敬畏于他,从不曾因为他身份卑微,而觉得难堪或是尴尬。但来到繁华的北京,她总觉得自己似一粒无助的沙子,被海滩上的行人随意地踩着,又随时会有被风浪卷下深海去的惶恐和茫然。宿舍的女孩子们都忙着恋爱,跳舞,或奔各式的艺术展。唯独她,来自寂寞的乡村,又拙于言辞,在别人已经很快跳上喧嚣热闹的列车时,她却被滞留在了孤独的小站上,眼看着火车载着那欢笑的一群,开往她再也无法抵达的似锦繁花,而她,连呼唤的力气,都没有。

她也羡慕常能收到父母包裹或是电话的舍友,看她们故意大惊小怪地在她面前,将漂亮的衣服、好吃的特产,孔雀开屏一样地展示给她;或者听他们在电话里,温柔地朝父母撒娇,声音如一朵花儿,看似羞涩无比,却是拿最耀眼的色彩,刺伤了她的眼睛。她们与父母家人远隔千里,却如同近在咫尺;而她与父亲,明明都同在北京,却似远隔天涯。常有舍友在挂掉电话后,装作漫不经心地问她,何时你的父母会来看你?她总是模棱两可地回答说,他们忙呢。

这也是父亲曾给过她的理由。他来到北京,只主动地给她通过一次电话,听得出是在嘈杂的工地上,借了别人的手机,只匆匆地说,很忙,记得自己照顾好自己,我会每月给你寄钱。她还没有来得及问及父亲的情况,便听见那边有人喊:"55秒了,快挂!"之后电话那端,便只剩"嘟嘟"的声音。她记得"话吧"的老板,怪异地看她一样,那视线里鲜明的不屑,如一把尖锐的刀子,瞬间插入她的身体。

她一直以为,在北京各个工地间辗转的父亲,除非回家,与她再不会有相见的机会。但没有想到,她与他,却以那样难堪的方式,看到彼此。

是学校社团组织的一次电影展,她的舍友,临时有事,便让她在门口,帮忙发放"意见反馈表",并照顾嘉宾。就在所有票都发完,嘉宾也一一列席,她打算回自己位置上,安心观看电影的时候,门口突然传来一阵争吵。她随了看热闹的人,走过去看,见穿了制服的门卫，正拉着一个明显是民工的男人，朝外走。到台阶处的时候，门卫用力地将男人一推，男人一个趔趄，便重重跌倒在台阶下的花池旁。周围一群同样衣色斑驳的民工，即刻一哄而上，将门卫拉下去。一片混乱的叫嚷声中，她渐渐弄清了事情的原委，原来这群在学校建筑工地的民工，听人说晚上礼堂里有免费的电影，便纷纷涌了过来；被推下花池的那个民工，假说找自己女儿，试图混进去看。门卫当然识破他们伎俩，几番争执，便有了她最初看到的那一幕。

礼堂里的灯渐次熄灭，她转身要走，背后突然就传来一声熟悉的声音：我就是要找我女儿，她叫陈叶，学外语的。她一下子怔住了。那一刻，她觉得似乎被一根针，给定住了，她想要挪动脚步，却发觉所有的努力，都是徒劳，而且，愈是挣扎着想要逃脱，心底的疼痛，就来得愈是剧烈。

她最终，在人群的拥挤里，没有回头，迅速地走开去。但当所有的灯熄灭，电影在黑暗中开始，她的泪水，终于哗哗地流下来。

再也没有想到，父亲原是离她，如此近，近到不过是几百米，便可以从那片喧嚣的工地，走到她的宿舍；近到她每天从5层的教室里，透过窗户，便能够看到不远处的脚手架上，蚂蚁一样忙碌的民工；近到她每天打饭，若是绕一段路，就会看到工地上，在初春的风沙里，坐在钢筋水泥上，埋头吃饭的那群劳作者。

可是，父亲却从来没有来找过她，直到那天晚上，他喝了点酒，又被保安欺负，在一群民工的怂恿下，终于在礼堂门口喊出她的名字。

她与父亲，原都是没有勇气的人。只是，她的怯懦，是因为卑微；而父亲的躲闪，则是源自对她，最深的爱。

你的世界里只有花开

不知道是巧合,还是J城本身有很强的容纳力,我在生活的小区里,去图书馆的路上,或者乘坐的公交里,常会碰到许多智障的孩子、夫妻或是女人。他们行走在J城的喧嚣里,与我们一样离不开俗世烟火的味道,却又与这个世界,有着鲜明的疏离和隔膜。他们永远不会理解我们的匆忙、狂躁、欲望、暗斗明争,而我们,也同样不明白他们的精神世界里,除去吃饭穿衣睡觉,会不会听到花开花落的咔嗒脆响,赏到冬去春来的葱茏绿意,抑或看到霓虹闪烁的城市繁华。我们彼此,行走在同样的路上,却被一种无形的东西,倏然隔开;就像一艘舰艇,在江面上乘风破浪时,寂然划开的白色水道。

我的房东,有一个20岁的智障儿子,几乎每天傍晚,我都会看见他跟着房东,在楼下小区花园里闲逛。基本上,他与房东,都是各自逛各自的,房东与周围的熟人闲聊,他也从不闲着,口中叽叽咕咕地说着什么。外人当然都听不懂，就连他的母亲，也不理会他的自言自语，但他却依然说得自得其乐，看到什么，都好奇地评论几句。尽管，这样的评论，除了换来外人好奇的注视，再不会有任何的回应。他总是穿得干净得体，所以如果他安静地坐着，并不会有人将他视为智障。但偏偏他爱言语，坐着，站着，走着，皆会像个刚刚学话的孩子，口中停不下来。偶尔，注意到有人看他，他才会突然停止，歪头，凝视着看向路人。他的眼睛里，有婴儿的纯净与专注，也有老者的温和与宁静。但更多的，是外人始终无法进入的个人的喜乐世界。

听说，他也有自己的一份工作，在附近一家没有生机的工厂，做清洁工。每月二百元的工资，他却做得有滋有味。像正常人一样，早起上班，到了单位，套上工作服便去清理一天的垃圾。我曾经路过那家工厂，看见他满头大汗地推着一大袋建筑垃圾，朝门口走过来。日头正盛，别人都在树荫下喝茶聊天，唯独他，喜滋滋地一遍遍来回跑着，像个玩得带劲的孩子。别人愈是让他停下来，他就愈是干得起劲。我相信那一刻的他，有我们永远无法理解的快乐，正是这种快乐，让他在一个人的世界里，活得怡然。

离小区不远的一个市场，有一对夫妇，男人寡言少语，女人更是省略掉了所有的词汇，只用简单的比画来表达自己的不悦或者欣喜。他们有一个小摊，卖水煮的花生和毛豆，有时候也有蜗牛和扇贝。男人常常一边照料生意，一边给轮椅上的女人，换掉胸前被口水浸湿的毛巾。听说女人是在结婚两年后的一场大病中，导致大脑受损而且下肢瘫痪的。那时他们刚刚有了孩子，男人时常一边抱着嗷嗷待哺的孩子，一边给她拿换洗的衣服。这样一过就是20年，他们的孩子，去了别的城市，只剩他们夫妻，在家门口摆摊挣取零花的费用。女人的智力，大约相当于一个10岁的女孩，喜欢咯吱咯吱地嚼零食，更喜欢在路边吃吃地朝着人笑。偶尔，她的丈夫走开片刻，她一个人看着摊子，见人来买花生，就会有手足无措的慌乱。

记得一次我去买毛豆，只剩她一个人看摊。我指指她手边秤好的一包一斤的毛豆，而后给她一张五元的纸币。她将毛豆递给我，便对着纸币发呆。我笑，说，你该找我两块钱。她茅塞顿开似的抱过盛零钱的盒子便翻来覆去地找，最后，终于像个胜利的将军似的，开心地将右手一扬，而后便朝我伸过来。我定睛一看，竟是一张两毛的票子，便摆摆手，说，是两块，不是两毛。她却以为我不要，留给她做小费，硬是往我手里塞，执拗中带着点可爱的善良。这样争执了一阵，我没有办法，只好在旁边一个摊子上换开了零钱给她，这才平息了她的激动。走的时候，她像完成了一件大的任务，松了口气，而后朝我努力地摆手再见。习惯了公平买卖、互不相欠的我，竟是在她孩子气的挥手里，浮起丝丝的感动和温情。此后再看到她傻气地冲我打招呼，也会微微笑着回应她，尽管，或许她并不会记住我，只是出于一种本能的好奇。但我知道，自己，是记着她那颗真纯的心的。

当我走在路上，坐在车中，穿梭在小区旁边拥挤的菜市场里，看见那些陌生的智障人，他们神情专一地盯着自己的脚尖，听着售票员报站的声音，或是一张张地帮顾客找着钞票，每一个动作，都认真到近乎固执。当有人好奇地观望，他们则会拿同样的眼神，毫无自卑地看过来，只不过，与世人的猥琐相比，他们的心，是坦荡的。他们不会琢磨路人，亦不会因为路人的嘲弄，而心生仇恨。他们只是看着这一切的过往,犹如一个哲人,看见世人的庸碌、可笑与嫉恨,不过是拈花一笑。

并不是羡慕他们,我只是感动于上苍,让我们这些健康的人,知道世间的许多事情,原本无须斤斤计较,能够拥有生命,来世走上一遭,已属奇迹,那又何必执拗于欲望、功利与虚荣。而这些安心于走路或者凝视的智障人,我更愿意将他们看成降落到人间的天使,不管是飞翔还是坠落,他们只关注花开花落的美丽与恬淡。至于那些消逝时永远带不走的东西,不过是他们刻意的遗忘。

而人生中很多时候,能够学会选择遗忘,当是一种幸福。

带上泡面去美国看你

她当年执意要去美国读博的时候,并不知道母亲怎样地不舍和难过;她那时只专注于学业,对其他都视若无睹。而且她一直认定,自己在学业上的执着和出色,为事业上拼了一辈子却毫无起色的父母,是争了颜面的。她几乎是一路重点学校读过来的,且全凭自己的努力,从没有让他们操过任何的心;许多人因此对她的父母,几乎是嫉妒,她记得连父母在单位里的竞争对手,见到她的时候,神情里都会立刻蒙上卑微的暗影。所以当她考入美国,许多人前来祝贺,她在父母的微笑里,很是得意了一阵。

这一去,就是7年,她为一张绿卡,竭尽了全力,舍掉了包括爱情之内的许多东西,即便是偶尔思乡,也只是打个电话,算是对自己和父母的慰藉。母亲一直说,没事就别打电话了,国际长途,多贵啊,写信来就行了。她口里漫不经心答应着,但却很少抽出时间来，写信回去。每次打电话，也是父母抢着问她的生活状况，说到最后，她还没有来得及问他们的近况，母亲在那边便急了，说，不行，你还是挂掉吧，电话费可都是花的美元啊，聊这会够你吃一个星期的饭了，说完了她便听见那边啪一下便挂断了，不用看时间，她就知道，计时器上，肯定是还有一秒钟，就到了整数。这样的习惯，一直到她留校任教，有了不错的薪水，也没有改变。她许多次告诉他们，没有必要这样为她节省，她一个人在美国过得很好。但父母还是执拗地认定，她的生活，需要他们这样为她节俭，尽管，他们自己也明白，3年的博士，女儿其实基本上没有花费他们的一分钱。

这中间只匆忙回过一次家，在日本机场转机时，她看到一种日式的泡面，想起一个朋友说这种泡面味道不错，便顺便买了一盒给父母捎回去尝尝鲜。母亲对这盒日本泡面，起初还怀了巨大的热情，等到热气腾腾的水冲进去，母亲细细地尝了一口后，突然转身问她，这面多少钱一盒啊？她平淡说，十美元。母亲的嘴，即刻张得很大，嚼了一半的一口面，就这样在口中僵愣着；过了片刻，母亲终于反应过来，将那口面，啪一下吐出来，说，这么难吃的面，竟然要80多块！以后千万别再买这样的外国东西了，简直是宰人啊！她一下子有些接受不了，硬生生地就顶回去，说，早知道不给你们买啊，费这么大力气，还得不到好。母亲讪讪地看她一眼，似乎想开口说些什么，她却一转身，丢一个冷冷的背影，让他们连申辩的机会也没有。

之后她连过年时给父母邮寄东西的习惯也断掉了，只是象征性地打个电话，又按照他们的意愿，在分针指到整数的时候，及时地挂掉。时间一晃又是4年，这一年的8月份，父母竟然主动地提出，要去美国看望她。她问用不用汇一笔钱过去,作为此行的路费?母亲竟然笑道:为了这次旅行,你爸提前一年就开始攒钱,做准备工作了,你不用操一点心,我们已经掌握了大量关于出国旅行的资料,而且在理论上模拟过许多次了。她听了便开玩笑,说,这边的饭食可是很贵的,都得花费美元,你们可要做好心理准备,别饿了肚子。没想到母亲神秘一笑,回道,这个问题我和你爸也早已考虑周全了。

她怎么也没有想到,母亲所谓的周全,竟是将满满三大箱子的泡面,带了来。她哭笑不得,说,这东西美国也有啊,何必这么累赘?母亲却是立刻一本正经地回道,同样都是泡面,买国产的,能省下几十倍的钱呢,吃美国的泡面,简直就是吃亏,不只是胃疼,心也疼得很呢!父亲则在一旁附和,甚至将他们早已算好的一笔账拿给她看,她看着上面密密麻麻的数字,心底竟是一酸,泪差点涌了出来。

呆了没有一个月,父母就吵着要走,她正好也忙于工作,无暇再陪他们,便很快去买了回程的机票。是一个朋友陪同将他们送往机场的,没想到飞机临时改点,要三个小时后才能登机,一行人只好在候车室内闲聊来消磨时光。中间她去打了一个很长的电话,回来后看见母亲不知为何眼圈竟是红了,朋友的神情,也有些异样,她只当母亲这是分别时正常的情绪波动,便没有细问;直到终于将父母送走,回程的路上,朋友在沉默了许久后,突然开口道,你不知道你父母其实多么舍不得离开你,他们甚至在你毕业的时候,希望你找不到工作,这样就会回到中国去了;这么多年,他们一直在与自己的内心,做着艰难的较量,一方面希望你能够过自己想要的生活，一方面又真心希望你能够守在他们的身边，哪怕，离得很远，但是在一个国家也好；你无法想象他们在国内看到别的老人尽享天伦之乐时，心内是多么的孤单和羡慕，他们是宁愿不要你给他们带来的荣耀，也不想让你这样一个人连爱情也没有，寂寞地待在异国的。之所以为你省钱，只是希望你在异国，能够过得轻松一些，其实，天下哪有父母，不想与儿女通电话，不希望儿女给自己捎礼物来呢……

7年来，她第一次，在异国，读懂了父母对她的思念。

有爱陪你长途漫游

因为一个手续,不得已要从省城回家一趟。行前一周便给父亲打电话,说如果没有什么差错,周末我会坐车回去,但至于是哪一天,还要看最近一周单位的工作安排。

放下电话,我便继续为迎接单位的检查而焦头烂额地忙着。等到周五晚上,父亲打来电话,才想起,明天要早起买票回家了。父亲的声音,听起来有些焦虑,开口便问:今天怎么没有回来?我也诧异:我没说今天回去啊。父亲失落地纠正道,你明明说周末回来的,今天周五了,以为你会回来呢。我笑:周六周日也是周末啊,我说过不用等我的。父亲不甘心,又问,那明天几点能到家?我想了片刻,回道:不一定,不过我会尽早起来吃完早饭就去车站的,不知道能否赶上回家吃午饭,所以还是不用等我了。

因为是周末,所以第二天果真没有平时起得早,等到一切程序忙完，坐上去车站的公交时，看看表，已经十点半了。想想到家至少也要两点，午饭，肯定是吃不上了，当然，父母顶多等到一点，看我不来，自会先行吃饭，所以再打电话汇报到家时间，对向来主张程序简洁化的我而言，纯属多余。

这样想着，便在长途巴士上，放心地翻阅起杂志，时不时地，隔窗看看外面凉爽清新的初夏，碧蓝的天空下绿意葱茏的山坡，微波荡漾的河水，农人扛着锄头在田间地头上行走。清凉的风吹过来，感觉里，真像一次闲适惬意的户外旅行。这样的愉悦，在车行至中途的时候，便被父亲的电话打断。看看时间，还有一个多小时车就到了，而因为车已经出了省城的边界，若是接听，便要加长途和漫游的费用，想了不过是几秒，便毅然地挂断。不曾想，父亲却又执拗地打了过来，心里烦乱，便又挂断，只发了条短信过去，说还有一个多小时的车程，不必等我吃饭。发完后，便关了手机，安心地闭目养神。

等到车终于到达家门口的街道时，隔着窗户，便看见了朝我招手的小弟。跳下车，与小弟一路闲聊着走回家去，听他抱怨父亲刚才在家里无缘无故地朝他发了脾气，又说昨天中午就等我吃饭，母亲还跑到两里外的车站去等我，结果父亲用手机打了长途才知道我今天回来。我心里略略愧疚，说，那今天呢？没再因为我浪费时间吧。小弟不满地瞥我一眼，道，刚才咱妈没在路口等到你，又骑车去车站了，家里的饭，都热了好几次了呢。

推门进家，便看到父亲正百无聊赖地坐在椅子上发呆，一抬头见了我，即刻便问：路上没出事吧？我有些纳闷：不过是三个小时的车程，能出什么事？我不是以前告诉过你么，我要是在路上，手机接听电话肯定是长途,况且已经短信告诉过你们不用等我吃饭了,还非要着急去车站。父亲嗫嚅道:你发的短信,我也不知道怎么看啊,你一关手机,我还以为在车上遭人抢了呢,这一担心,饭还怎么能吃下去……

憋在心中的气,突然地就被重重袭来的愧疚驱散开去。当我为了省下几块钱的漫游费时,却忘了,父母用丝丝缕缕的牵挂与担心,陪我漫游了整个的旅程。

镜头是我注视你的眼睛

他一直与父亲没有多少的交流,他们彼此都是沉默寡言的人,他一路读书顺畅,几乎没让父亲费过多少的气力。事实上,即便是他有了问题,也不会去找父亲,更多的,他选择自己独自承受。他一直以为,父亲对他,像对家中某件可有可无的摆设,记不记得,都在其次,更不必说,去上心呵护。

所以他一路读书,选择的,几乎都是离家很远的学校。大学是在北方,硕士是在更不可及的英国。回国后因为热爱摄影,选择了做自由摄影师。南来北往,在父亲身边停留的时间,从没有超过两天。而电话,每次打回去,即便那端接起的是父亲,即便他的确有事需要找父亲商量,他也会习惯性地,说:让我妈来接电话。隔着千万里,看不到父亲的面容,但他还是不知道如何面对这个沉默寡言的男人。他们彼此,是那么陌生,陌生到连视线,都是碰触到一起,即刻跳开去，而像别的父子那样，做促膝的交流，更不会有。

那一年他争取到为一家电视台，拍一个纪录片的机会。但因为没有找到合适的摄影师，他只好自己拿起摄像机。而剧中千里迢迢给村民去送照片的人，他挑来选去，最后觉得，让自己的父亲来做，是最契合电影的精髓的。纪录片讲述的，是一个摄影记者，偶尔去云南一个苗族居住的山村里采访，顺便为那里的每一户人家，都拍了照片，走时他承诺会将这些照片，洗出后送给他们；但因为此后不安定的生活，他几次都将这件事放下。几年后，他终于忍不住内心的折磨，遂决定让自己的父亲，去送这些照片。照片上的孩子，都已长大，照片上的老人，有些已经去世，许多的东西，都已经改变，但那片土地上的人们，内心的纯净，却依然如故。

他打电话给母亲，让她转告父亲，自己的这个决定。母亲在电话那头，听完竟是笑了。他诧异，以为母亲是在质疑他拍电影的能力。停了片刻，母亲才开口问道：你要拍你爸，可是，你了解他吗？这个问题，让他想了许久，但始终都找不到合适的答案。就在他打算再找一个人来做剧中的父亲时，母亲却发短信给他，说，你爸同意了，后天他就开车与你同行，去拍这部电影。

父亲的决定一下，犹豫的，倒反而成了他。他终于明白母亲问那个问题的原因，他们彼此，一年里都不会超过一百句的交流，而拍这部纪录片，需要花费一个月的时间，这么漫长的相处，他们如何祛除昔日的隔阂，这个问题，似乎是比电影的拍摄，更为重要的。

果然与父亲开车前往那个山村的路途中，当他用摄影机对准父亲的时候，躲在镜头后面的眼睛，竟是有些微的慌乱，似乎，这样近距离的关注，是不该发生在他与父亲之间的。父亲安心地开着车,并不去看他的镜头。一路上,他拍到的,都是父亲的后背,还好,这与剧情的要求,基本吻合。父亲几乎是一个很好的群众演员,事实上,父亲是将这部纪录片,作为完成送照片的一个承诺去做的。他在镜头里,几乎看不到父亲表演的痕迹,这个他所陌生的50多岁的男人,为了自己儿子几年前拍下的这些照片,翻越一个个陡峭的山坡,一户户地找照片上那些依然健在的村民,告诉他们,这是自己儿子拍下的照片,他曾经答应过他们,来送照片,现在,这个承诺,终于可以由自己代为实现。

他的镜头,为了电影,大部分都给予了那片土地上的人们,他忠实又热诚地,记录着这里的变化,记录着其上的生命,吃草的牛,奔跑的狗,弹钢琴的老人,葬礼上相聚的村民,教堂里虔诚听歌的女人,不知疲倦的孩子。所有这一切,因为时间,而在他的镜头里,带上了一抹温情。他知道自己依然眷恋着这片土地,而帮助自己送照片的父亲,不过是这部片子里,一双伸出去的手,一个在画面角落里的背影,一个和自己一样,旁观的路人。

为了忠实于客观的记录,他不想给父亲一个正视的镜头,因为如此,会让纪录片带上主观的色彩。父亲也一直配合得挺好,并不去理会他的拍摄,而是照他的指导,走在摄影机的边缘,将大块的空间,让给了这里的村民。但却有一次,当他将镜头从一个抱着一条小狗亲密私语的孩子身上,移回旁边观看的父亲时,他突然将自己的视线拉回,对着镜头,那么深情地凝望着,似乎,他所有的爱,藏在镜头里,而不是儿子所指导的,在孩子与小狗温情嬉戏的那一刻。父亲的凝望,持续了很久,直到他躲在后面的眼睛,终于无法忍受这样的对视,主动地,将镜头移往别处。

是他做电影最后剪辑的时候，他才发现，这是父亲唯一正视摄影机的镜头。他几次想要将这个镜头，剪掉，但终于还是忍住了。电影的放映会上，果然有很多的观众，对这个镜头提出苛刻的指责。他们说，父亲这个深沉的注视，是溢出了电影之外的，导演不仅没有毫不留情地将此剪掉，反而将此作为最关键的结尾，不知究竟是出于什么目的。

主持人让他给予观众一个合理的解释，而他，看着屏幕上父亲凝视前方的那个定格镜头，许久，才说：我是到最后，才知道，这部电影，是父亲给予我的一份礼物，而我，又有什么理由，不将他投射给我的这唯一的注视，长久地保留在影像的记忆之中？

电影在前，爱在后，他是躲在镜头的背后，才看清了父亲深沉无边的爱。他们彼此，无法像那个孩子与小狗一样，亲密地依偎，爱抚，用只有彼此才懂得的语言，畅通无阻地交流，但那份隐藏了许多年的爱，还是穿越了镜头，悄无声息地，绽放在他的面前。

谁是谁身上难堪的印痕

他的父母,都是农民,不识字,也无法带给他任何的荣耀。他年少的时候因为成绩出色,被保送至市里读最好的中学,他就是在那时,开始借外人的视线,学会审视自己卑微的出身,和父母粗鄙的言行,无意中给他带来的重重的烦恼。

他犹记得读高一那年,他与一群人,正在走廊里说笑,母亲突然就走过来。他先自看见了,却并没有立刻迎上去,而是在母亲的东张西望里,尴尬地低下头去。正试图在人群的掩护里,逃开的时候,却是一把被母亲给兴奋地抓住了。他就这样在众目睽睽之下,任由母亲紧紧地拽着胳膊,说着琐碎的家长里短。原本那亲密无间的一群,此刻,陡然就与他有了距离;母亲起了毛球的线衣,土得掉渣的方言,一声又一声唤起他一直羞于对人提起的乳名,手里提的大袋的手工煎饼,无一不让周围的人觉得好奇且热闹。像是一场精彩的戏剧，台下的人，纷纷在他们的表演里笑成一团；而台上饰演小丑的他，却是在拼命地蹦跳里，忽地生出一种几乎将自己吞噬掉了的无助与悲哀。他在喧哗嬉笑里，并没有记清母亲说过的话，也忘了母亲是求人才搭了顺路车来，专门看望他，且将一肚子的话絮絮叨叨倾诉给他；他只是清晰地记住了那些外人的"关注"，和走廊里疏离的歌声与打闹。

此后他便再也不让父母去学校看他，他宁肯浪费宝贵的时间，将不小心丢在家里的课本，自己跑50多里回家去取，也不会让父母送来，连带地将自己晦暗粗糙的一切，重复展览给人。他只是发奋地学习，将那些外人的嘲讽冷漠与不屑，全都踏在脚下；一同踩下去的，当然还有原本让他温暖的父母的关爱。

这样卧薪尝胆似的努力，终于考入了理想的大学。去读大学的那天，父亲执意要去送他，可是在临上火车的时候，看着父亲挤在一群家长里，那么笨拙地帮他搬着行李，又因为有人无意中踩了他的脚，而差点在车上争吵起来，便终于一狠心，让父亲回家去，一切他自会处理。父亲第一次跟他急了，说这么小，又没有出过远门，一个人怎么行？他也在周围的吵嚷里发了脾气，说，你不也是一样吗，没有去过北京，况且你连字不认识，除了给我带来麻烦，还能有什么？！他说完这句话，便觉得心里空了，那些淤积了许多年的泥淖与杂草，倏忽之间，便全都被除掉了。50岁的父亲，在一个又一个人的推搡里，呆愣了许久，后来是火车快要开了，才装作像是什么都没有发生过一样，笑着帮他把行李放好，又去给他接了一杯热水，这才转身走了出去。他在慢慢启动的火车里，看见父亲在送行的人里，拼命地跑着，似乎要跟着这火车，一同跑到北京去,但还是被飞快地车无情地丢在站台上,再也看不见了。

他在大学里,依然是很少回家,电话,是从来不在宿舍里打的。即便是在电话亭,也要等到最后,人都走光了,才匆忙地插进卡去,与父母说几句闲话。大部分的时间,他是泡在自习室里的。家庭的贫寒,让他始终没有勇气,与人自如从容地交际。而爱情,更是如此。他是在被学校保送了本校的研究生后,才开始与暗恋了他两年的媛交往的。媛低他两级,是学校一个教授的女儿,但并没有因此像那些娇生惯养的城市女孩子一样,骄横霸道。他应该会主动追求媛的,如果没有媛优越的家境,阻碍了自己。媛也是个矜持的女孩,等了他两年,见他依然无动于衷,这才着了急,一次次地跑来找他。媛的父母,始终是不喜欢他的,尽管见面的时候,也会与他说话,但言语里,明显地带了高傲与骄矜。幸亏媛是善良的,知道他的学费,都是贷款,知道他生活费,全要靠自己打工挣取,知道他的父母,无法给他的前程,带来任何的帮助,但依然执着地爱着他。

是媛的坚持,最终给他们的爱情,带来了春天。媛的父母,为了宝贝女儿,动用关系,将他留在大学,并在他毕业半年后,决定为他与媛,举办盛大的婚礼。他没有告诉媛,在他们家乡,喜宴,是一定要在男方家举办的,否则,必将招来亲戚朋友的嘲笑,认为父母没有能耐,连自己的儿子都留不住。他的父母,也曾一次次无比憧憬地,谈起他的喜宴。但他还是隐瞒了这个秘密,他知道对于媛的父母,喜宴是他们一种变相的交际手段,他们骨子里的骄傲,是绝对不允许他们女儿的婚礼,在破败的山村里举行,遭人耻笑的。

他的父母,不知何时,学会了沉默。对于这次婚宴,他们没有说好，也没有说不好，只是托人捎话给他，说一定会坐火车赶去参加他的婚礼。但他还是不放心，甚至睡觉时，都梦见父母在喜宴上，每说一句话，都招来外人的哄笑。他为此曾小心翼翼地打电话给父母，暗示他们到时一定记得不要随便说话，以便惹得岳父岳母生气。

喜宴终于来了。他在父母迈进豪华宾馆的时候，便红了脸。尽管穿了簇新的衣服，但他们的神态与举止，却是与周围的一切，如此不和谐。他只将父母安排到饭桌前坐下，便随了岳父岳母，去接待那些身份显赫的客人。忙碌的间隙，他偶尔瞥见父母，在角落里孤单地坐着，像是两个他极力想要摆脱掉，却还是躲闪不及的乡下亲戚。这是他们儿子的婚礼，但却是与他们没有丝毫的关系。甚至，在最终开席时，因为涨红了脸的父亲，始终结结巴巴地说不出一句上得了台面的话，一旁的导师，代表父母作了发言。他依了繁缛的礼节，一桌桌地敬酒，但那心，却是在周围人意味深长的注视里，碎掉了。

他在父母走后许久，还无法洗清烙在身上的难堪的印痕。半年后，他回家，去小姨家闲坐，聊起他的那场喜宴，小姨突然说，知道吗，你的婚礼，给你父母留下了那么深的疤痕，他们从来都不愿在人前，提起你这个留在大城市且富贵起来的儿子。你不愿意他们去看望你，不愿意他们给你打电话，不愿意他们在你的岳父岳母面前露面，甚至是说话；可是，你不知道，他们也同样不愿意让人知道，他们曾有过这样一个忘记了自己根基的儿子……

他一直以为，父母是自己笔挺的西装上，难堪的一片菜汁，却是没有想到，原来自己也是父母身上，一团尴尬的饭渣。

那些让我们难堪的亲人

在易初莲花的洗手间里,遇到一个60多岁的老太太,上完厕所,没有冲水,便笑笑看着身后长长的队伍,向门外走去。她身后的一个年轻女子,蹙眉看着用过的厕所,回头嘟囔一句"真没素质!"而那老太太,大约是耳背吧,始终笑眯眯地,沿着朝她异样注视的人群,一路走出去。行至门口的洗手台处,她打开水龙头,开始洗手。

她先用水接连冲了四五遍水龙头,这才将脸凑过去,用手捧了水一遍遍地漱口。我有些纳闷,不知她上厕所,为何还要漱口。但这样的疑惑,还没有消除,她又开始清洗水龙头,这一次,至少冲洗了有十次,然后再一次漱口、洗手。这样的动作,重复了大约有十几分钟,直到她身后的人,开始抱怨,指责,甚至有不耐烦的,骂出声来,说,在洗手间不知道冲洗,跑到水龙头下倒是洁癖起来了,真是神经有毛病。

她依然不自知,不紧不慢地,在镜子里看着后面排队等候洗手的人,脸上,依然有淡淡的微笑。只是,这样的微笑,在那时的我看来,有了几分让人反感或者同情的感觉。

大约又过了几分钟,一个30岁左右的男人过来,看见洗手间旁边挤满的看老太太洗手的人,即刻红了脸,如芒在背似的,把还在洗手的老太太低头拉出了人群。我经过他们身边,无意中听到应该是儿子的男人,对母亲压低了声音说:咱别在这儿让人笑话行不行?而这个显然是有轻微神经障碍的母亲,则抬头看着自己的儿子,依然不说话,但视线里,却有些微的忧伤。就像,一个依恋主人的小猫,看着主人难看的脸色,尽管不知为何,却也可以感觉到,有什么事情,定是自己做错了的,于是便将身体,怯怯地靠过去,试图博取主人的欢心。

又想起在学校门口,有一个卖山东煎饼的男人,大约50岁的样子,穿着素朴,每每在春日傍晚的大风里,站在拐角处,等着学生来买他的煎饼。我是他的常客,常常顺便跟他聊天,知道他有一个儿子,在附近一所学院读自考的本科,尽管前途未卜,但他还是为能够供儿子到大城市来自费读书,觉得骄傲。我从他微笑时丛生的慈祥的皱纹里,知道这是个会为了儿子,做一切事情的男人。

偶尔我会碰到他的儿子过来,是个言语不多的男孩,只站在父亲旁边,帮他收一会钱,便又找了理由,说回校学习,便匆匆走开了。男孩的身影同样地瘦削、单薄,有着与父亲一样对于这个城市的疏离与惶惑。只不过,男人对于儿子,有浓浓蕴蓄的温柔;而儿子对于父亲,则始终像是隔了一层。

男人的生意，并不是时时地如意，常常就有整顿市容的城管，开着车，没收他们违章的摊子。几乎每一次，男人都会做一只逃窜的老鼠，或者小兽，推起车子，与几个同样摆摊的小贩，一起沿着黄昏的马路飞奔。每一次我路过看到，都会觉得疼痛，想，如果是他的儿子看到父亲这样狼狈逃窜的一幕，不知会不会像我们路人一样，生出心疼？

一次城管又搞突然袭击，我恰好路过，看见男人手忙脚乱地将东西随便一收，便与几个小贩们一起，沿街飞奔起来。但不过是行出去几米，他便猛地回头，朝站在原地的儿子喊，快回去学习吧，我一会就回来了。我以为瘦弱的儿子会追赶上父亲，与他一起承担这样的惊吓，但他却是看着身旁开车追上去的城管，又羞愧地扫一眼周围看这一场追逐的路人，很匆忙地，便掉头走开了。

我之后再也没有看到过山东男人，听门口卖水果的小贩说，他做煎饼的炉灶与三轮车，已经被没收掉了；但他并没有抱怨什么，也没有离开这个城市，而是在儿子学校门口的一家饭店打工，继续为儿子挣取学费。

常常想，有多少时候，我们像那个智障母亲的儿子，或者这个山东男人的儿子那样，为自己的父母，在人前的卑微与掉价，而觉得羞耻，或者难堪？又有多少时候，我们肯给予被人同情怜悯的他们，一双手的温度，或者一抹视线的温柔？

我们在人前，需要面子，需要那些花哨的点缀，可是却常常忘了，亲人给予我们的那些难堪，恰恰在很多时候，是爱，最快的酵粉，不过是放入一点，我们彼此的心中，便会有一盆火，熊熊地燃烧。

爱在时光里柔韧穿行

他犹记得16岁那年的春天,他在学校里,得了奖,几个同学,嘻嘻哈哈地让他请客。他是个好面子的男生,经不住几句劝说,便点头答应下来。中午放了学,一行人刚刚走出校门,他便看到父亲,汗流浃背地朝他走过来。他想躲,但一个同学却是眼尖,说,嗨,你爸来看你了!他只好硬着头皮迎上去,叫声"爸",便低头盯着父亲坏了一个小洞的布鞋,再找不到话说。

父亲却是开心得很,不断地问东问西,又很响亮地喊着他的小名"三娃",他听见身后有人捂嘴笑起来,脸便红了,立刻将父亲的话头止住,说一起去吃饭吧,同学都等急了呢。他的话音刚落,父亲便讨好般地走到他的同学身边,说,你们想吃什么好菜,待会尽管说。周围的同学皆相视一笑,说,其实一碗面条就好的。他看得出众人并不喜欢父亲在场,尽管父亲在小吃铺旁,像个有钱人一样,吆喝着老板上六碗分量足的鸡蛋面,再另加几头金乡老蒜来。但大家还是谈天说地,吵吵嚷嚷地,故意弄出一片热闹给他看。

他只勉强吃了一半,便在父亲震天响的咀嚼声里,烦了。一圈的人,都是学生,有几个,还是偷偷暗恋着他的女孩子;他在余光里,瞥见有人在频频地朝这边看过来,每看一眼,便似乎针一样,将他的心,"哧"地扎了一下,血,倏地就涌出来,把一旁的胃,都连带地浸红了。他终于放下碗筷,说一句"吃饱了",便扭过脸去假装看风景。父亲就在这时,默默地将手伸过来,把他碗里的剩饭,一滴不剩地全都扒到自己的碗里,甚至最后,还意犹未尽地,舔了舔碗边。

他的愤怒,在父亲这个习惯性的动作里,到底还是冲破闸门,喷射而出:你就那么爱吃别人的剩饭啊!父亲半张的嘴,突然地就在他的这句话里,定住了。周围几个人,也都在他这突如其来的恼怒里,吃了一惊;但随即就有人出来打圆场,说叔叔没吃饱吧,要不再来一碗?大约有几分钟的沉默之后,他听见父亲艰难地将口中的饭咽下去,勉强笑道:习惯了,在家就是这样的,自家的孩子,不碍事的……

但年少时的他,却始终无法原谅父亲的这个习惯;而此后的父亲,竟也是对这坚持了十几年的习惯,开始生出隔膜。有几次,在家里,他听见母亲抱怨说,你爸在人前越来越爱干净了,连你的剩饭,都不吃了。他从来不去解释什么,父亲亦是。这个秘密,像一丛丛的蒿草,芜杂地长在他与父亲的中间,直到最后,他终于忘了,那一边父亲的容颜。

是二十多年后一个夏日的傍晚,他骑车去接寄宿的儿子回家。

校门口拥挤了一大堆等待孩子放学的家长,尽管穿着打扮各不相同,有开了轿车打着光鲜领带的,也有"突突"开了摩托的,或者像他这样轻松骑辆自行车的,但那表情,都是一致的焦虑和渴盼。怕孩子看不清自己,都使尽了办法往最前面靠。他当然也不例外,凭借着自己做邮递员时,练下地在人群里鱼一样自如穿梭的本领,他每次都能很顺利地,挤到第一排的正中央去,而后如一朵莲花,含笑看着儿子教室的方向。

看见儿子与一群孩子蜂拥着出来了,他便又会发挥自己做小贩的本事,扯开嗓子,朝儿子高喊:小海,爸爸在这边!儿子果真能够第一眼,便迅捷地看到他,且飞快地朝这边跑过来。他早已经习惯了这样的一幕,且每每都会因为能够最先让儿子看到自己,而心内充溢了一种温暖的柔情和喜悦。他一直以为,儿子也定是喜欢他像个英勇的将军一样,站到最前面耐心等待着的吧,否则,儿子怎会每次都箭一样冲过来,跨上他的车呢?

但那一次,他却看见儿子在一群学生后面,慢腾腾地磨过来,而且,一到面前,便即刻催促他快些走。他看出儿子眼中的躲闪和不快,就问原因。儿子吞吞吐吐地,好半天才丢出一句:你以后,能不能别站最前面,也别那么招摇地朝我挥手喊叫啊,你这样,别人一看就知道是个下岗卖菜的……

他的记忆,就这样在儿子的抱怨里,飞快地回到许多年前的那个春天,他在校门口的小吃铺旁,当着同学的面,朝父亲不耐烦地发脾气,抱怨父亲那个吃剩饭的习惯,曾经怎样丢了他的颜面。而今,岁月一个转身,这样的一幕,竟是再次重现。只是,当年那个讪讪为自己辩解的父亲,换成了自己。而在此前,他一直以为,这样的爱，在自己身上，绝不会重现，所以他刻意告诫着自己，不让儿子在同学面前难堪，且满足儿子一切关于物质的欲望。但却不曾想，那爱的习惯，竟是如此坚韧绵长，它跨越了二十多年，走到他这里，不过是悄无声息地换了一件衣衫，便又执着柔韧地，铺陈下去……

而到此时，他才明白，父亲那一个被他粗暴打断的习惯里，其实蕴蓄了怎样的怜爱与温柔。